Barbara Cartland
Liebe mit Hindernissen

Barbara Cartland

Liebe mit Hindernissen

Titel der Originalausgabe: WISH FOR LOVE
Aus dem Englischen von Helga Atkinson

Dieses Buch erscheint bei Hestia mit freundlicher Genehmigung
der Verlagsunion Erich Pabel-Arthur Moewig KG, Rastatt
Umschlagfoto: Archiv
Druck und Bindung: Ueberreuter, Korneuburg
Printed in Austria 1991
ISBN 3-89457-210-8

1
1818

Jeremy Forde betrat das Eßzimmer. „Ich bin unten!" meldete er sich und nahm dann an dem weißgedeckten Tisch Platz, an dem die Familie gemeinsam zu frühstücken pflegte.

Seine Schwester Mariota hatte ihn kommen hören und brachte einen Teller mit gebratenem Speck und Ei und eine Kanne Kaffee aus der Küche.

„Du kommst zu spät", sagte sie.

„Ich weiß", entgegnete Jeremy, „aber ich bin im Bett geblieben, weil es sich einfach nicht lohnte, aufzustehen, und habe mir den Kopf zerbrochen, wie wir zu Geld kommen könnten."

Mariota lachte. „Kein sonderlich origineller Gedanke, wie?"

„Ich weiß", sagte Jeremy mißmutig und begann zu frühstükken.

Mariota setzte sich zu ihm an den Tisch und schenkte ihrem Bruder und sich Kaffee ein.

„Ich habe mir überlegt, daß ich vielleicht eine der Miniaturen verkaufen sollte", fuhr Jeremy fort. „Man könnte sicher einen guten Preis erzielen, ohne daß es jemand erfährt."

Mariota zeigte sich entsetzt. „Aber es müßten doch alle erfahren", gab sie zu bedenken. „Du würdest damit nicht nur Papa erzürnen, sondern dich des Diebstahls an unserem gemeinsamen Erbe schuldig machen."

„Wenn man sich selbst bestiehlt, ist das doch kein Verbrechen", gab Jeremy zurück.

„Es geht doch nicht nur um dich, sondern auch um deinen Sohn, deine Enkel und ihre Nachkommen."

„Wie die Dinge im Augenblick stehen, ist es höchst unwahrscheinlich, daß ich mir jemals einen Sohn leisten kann“, erwiderte Jeremy bitter. „Von einem Enkel ganz zu schweigen.“

Er hatte sein Frühstück beendet und lehnte sich auf dem Stuhl zurück.

„Im Ernst, Schwesterherz, wir müssen etwas unternehmen. Ich brauche neue Kleidung. Meine Sachen sind nicht nur alt und abgetragen, sie sind mir auch zu klein geworden.“

Mariota wußte das auch und zuckte bedauernd mit den Schultern. „Tut mir schrecklich leid, Jeremy, das kannst du mir glauben, aber wir haben kaum genug zu essen, geschweige denn Geld für neue Kleidung.“

„Könnte Papa denn wirklich nichts dagegen unternehmen?“ fragte Jeremy seufzend.

„Mach einen Vorschlag“, empfahl ihm Mariota, „und ich rede mit ihm darüber, falls er mir zuhört.“

„Selbst wenn er das ausnahmsweise einmal täte, bezweifle ich, daß er überhaupt begreift, in welch mißlicher Lage wir uns befinden“, stellte Jeremy verdrossen fest.

Sie schwiegen beide eine Weile.

„Ich glaube nicht, daß du Papa richtig einschätzt“, widersprach Mariota dann ihrem Bruder. „Er weiß sehr wohl Bescheid, aber gerade weil es ihn schmerzt, sein Haus verfallen zu sehen und sich unsere ständigen Klagen anhören zu müssen, flüchtet er sich in die Welt seiner Bücher. Nur so kann er Mama und allen anderen Kummer vergessen.“

Mariotas Gesicht wurde weich, als sie ihre Mutter erwähnte.

„Wir müssen etwas unternehmen“, wiederholte Jeremy. „So kann es einfach nicht weitergehen.“

Darüber zermarterte sich Mariota Tag und Nacht den Kopf, aber sie sah keinen Ausweg aus der Misere, in die sie unverschuldet geraten waren.

Die Fordes lebten in Queens Ford, ihrem schönen alten, dem Verfall preisgegebenen, viel zu großen Landsitz, seit dessen Errichtung zur Zeit der Königin Elisabeth, und waren seitdem von Generation zu Generation ärmer geworden.

Als der jetzige Lord Fordcombe Titel und Besitz geerbt hatte, mußte er feststellen, daß sein Vater sich in den letzten Jahren seines Lebens hoch verschuldet hatte. So blieb ihm nichts anderes übrig, als alles, was im Haus nicht niet- und nagelfest war und nicht zur Erbmasse gehörte, die künftigen Generationen zustand, zu Geld zu machen.

Die Gläubiger mußten sich trotzdem mit einem Bruchteil dessen begnügen, was ihnen zustand, sagten sich aber, daß es immer noch besser war, wenig zurückzubekommen, als gar nichts.

Seinen Lebensunterhalt bestritt der jetzige Lord Fordcombe mit dem Kapital, das seine Frau als Mitgift in die Ehe eingebracht hatte.

Das waren weniger als 200 Pfund im Jahr. Weitere Einkünfte waren die spärlichen Pachtzahlungen, die er aus seinem Farmland und den wenigen noch bewohnbaren Katen zog.

Die meisten der auf seinem Land befindlichen Hütten wurden jedoch von im Ruhestand befindlichen Leuten bewohnt, oder waren derart verwahrlost und einsturzgefährdet, daß nur die Ärmsten der Armen, die sich nichts anderes leisten konnten, darin hausen mochten.

Der Geldmangel, der ständig im Herrenhaus herrschte, brachte die Kinder des Lords an den Rand der Verzweiflung.

Jeremy war bereits einundzwanzig und konnte es sich nicht leisten, der Familientradition gemäß einem angesehenen Regiment beizutreten. Statt dessen mußte er zu Hause ein kümmerliches Dasein fristen, das darin bestand, auf alten Kleppern zu reiten und von morgens bis abends nichts anderes zu tun, als im Fluß Fische zu angeln oder in den Wäldern auf die Jagd zu gehen.

Die Beute, die er dabei machte, war sein Beitrag zur Linderung ihrer schlimmsten Not. Für ihn war das kein vergnüglicher Sport mehr, sondern eintönige Notwendigkeit, die ihm im höchsten Maße zuwider war.

Bei Mariota war das anders. Da sie sich nur ein altes Dienerehepaar als Hilfe leisten konnten, wären die Räume im Haus zu Staub verkommen, hätte das junge Mädchen nicht freiwillig das Amt der Haushälterin übernommen und außerdem noch Hausmagd, Butler und Kammerdiener für ihren Vater und ihren Bruder gespielt. Auch als Köchin sprang sie ein, wenn es etwas Besonderes sein sollte.

Weil sie sehr praktisch veranlagt war und sich ihre Arbeit sehr klug einteilte, vergaß ihre Familie ganz, daß sie mit ihren neunzehn Jahren unter günstigeren Verhältnissen längst ihre erste Ballsaison in London hinter sich haben müßte, mit Tanz, Geselligkeit und Heiratsanträgen begüterter Junggesellen.

Die Wahrscheinlichkeit, daß sie das jemals erleben würde, war gering; schließlich waren sie, wie Jeremy es zynisch ausdrückte, hier auf dem Lande bei lebendigem Leibe begraben und glichen eher Steckrüben als normalen Menschen.

Das einzige Familienmitglied, das weniger Grund zum Klagen hatte, war die siebzehnjährige Lynne.

Sie hatte das Glück, mit einer gleichaltrigen Nachbarstochter zusammen von einem Hauslehrer unterrichtet zu werden. Jeden Tag holte eine Kutsche von dem kleinen Gutshof „The Grange“ sie ab, und wenn es regnete oder man sie aus anderen Gründen dabehalten wollte, durfte sie bei den Eltern ihrer Freundin übernachten.

Neben all ihren Kümmernissen machte Mariota sich Sorgen um die Zukunft ihrer kleinen Schwester. In einem Jahr würde sie dem Schulalter entwachsen sein, und sie war von einem solchen Liebreiz, daß alle jungen Männer, die sie zu Gesicht bekamen, nach Mariotas Ansicht sofort auf die Knie fallen und sie um ihre Hand bitten würden.

Allerdings gab es in diesem abgelegenen Winkel von Worcestershire sehr wenig junge Männer, und da der Landedelmann Fellows, mit dessen Tochter Lynne unterrichtet wurde, streng darauf achtete, daß die Mädchen den Unterrichtsraum niemals ohne Aufsicht verließen, hatte Lynne noch keinen Vorgeschmack auf das Gesellschaftsleben bekommen, das Mariota für sie herbeisehnte.

Wenn Lynne mit ihrem hellen Haar, den blauen Augen und dem zarten rosigen Teint so anmutig war wie eine Meißner Porzellanfigur, so war Mariotas Schönheit von ganz anderer Art.

„Lynne gleicht einem der zauberhaften Porträts berühmter Maler", hatte ihre Mutter einmal gesagt, „die so lebhafte Farben aufweisen und so wunderschön sind, daß man sich daran nicht satt sehen kann. Du aber, mein Liebling, bist wie eines der unübertrefflichen Gemälde von Leonardo da Vinci; wer dich einmal gesehen hat, möchte nicht aufhören, dich zu betrachten, weil es unter der Oberfläche so viel zu entdecken gibt."

Mariota hatte damals nicht recht verstanden, was ihre Mutter damit meinte, erinnerte sich aber stets ihrer Worte, wenn sie sich einmal im Spiegel betrachtete.

Sie mußte zugeben, daß sie mit ihren großen, grauen Augen und dem hellen Haar, das silbern schimmerte, wenn das Licht darauf fiel, tatsächlich eine gewisse Ähnlichkeit mit den Gemälden hatte, die in einem der Bücher in der Bibliothek abgebildet waren.

Sie hatte jedoch selten Zeit, an sich selbst zu denken. Morgens nach dem Aufstehen schlang sie ihr langes Haar zu einem Nakkenknoten zusammen und eilte dann nach unten, um die Vorhänge aufzuziehen und die Fenster zu öffnen.

Da sie praktisch dachte, war ihr klargeworden, daß es unmöglich sein würde, ohne die Hilfe von Dienstboten das ganze Haus in Ordnung zu halten. Deshalb hatte sie die beiden Flügel, die den Mittelbau umgaben und mit ihm zusammen die Form eines „E" zu Ehren der Königin Elisabeth bildeten, geschlossen.

Hin und wieder machte sie jedoch einen Rundgang durch die herrlichen Räume mit den niedrigen Decken und den Facettenscheiben, betrachtete die Staubschicht auf dem Fußboden und den Gemälden und die abgedeckten Möbel und glaubte sich in ein verzaubertes Dornröschenschloß versetzt, das nie wieder zum Leben erweckt werden würde.

Da sie der Gedanke zutiefst bekümmerte, pflegte sie sich rasch wieder ins Mittelhaus zurückzuziehen, das zwar verwahrlost und verwohnt wirkte, jedoch von Stimmenlärm, Schritten und Gelächter widerhallte, sofern Jeremy nicht gerade von einem seiner Stimmungstiefs heimgesucht wurde.

Sie spürte, daß dies bald der Fall sein würde, und versuchte, ihn zu trösten: „Verzweifle nicht, liebster Bruder. Ich habe irgendwie das Gefühl, daß bald etwas geschehen wird."

„Was denn wohl?" fragte Jeremy. „Daß eine weitere Decke einstürzt, oder der nächste Schornstein in Trümmer zerfällt?"

„Nein, das meine ich keineswegs", entgegnete Mariota ernsthaft. „Manchmal spüre ich instinktiv, daß etwas Aufregendes auf uns zukommt."

„Du hast einen ausgewachsenen Vogel", sagte Jeremy grob. „Alles, was auf uns zukommen könnte, ist ein Sturm, der unser Dach weiter abdeckt, oder eine Rechnung für irgend etwas, woran wir nicht mehr gedacht haben, die sofort bezahlt werden muß."

„Wie kann man nur so häßliche Dinge sagen!" empörte sich Mariota. „Nörgeln hat noch nie etwas eingebracht, aber Träume werden manchmal wahr."

„Nicht für mich."

Als er jedoch den schmerzlichen Ausdruck in den Augen seiner Schwester bemerkte, lächelte er, was ihm ein hinreißendes Aussehen verlieh.

„Vergib mir", bat er. „Ich führe mich auf wie ein verwöhntes, ungezogenes Kind und bin mir dessen durchaus bewußt, aber du verstehst sicher, wie entmutigend das Ganze ist."

„Natürlich verstehe ich das", erwiderte Mariota, „und für dich ist es besonders schlimm, weil du der Älteste bist." Sie hielt inne und fuhr dann fort: „Und du siehst blendend aus. Es ist doch ganz natürlich, daß du dir elegante Kleidung und rassige Pferde wünschst, wie Großpapa sie hatte, bis nach seinem Tode herauskam, daß er sie nicht bezahlt hatte."

„Er hat jedenfalls sein Vergnügen gehabt, wenn es auch auf Kredit war."

Jeremy trank seinen Kaffee aus und sah sich dann im Speisezimmer um.

„Hier gibt es wirklich nichts mehr, was man zu Geld machen könnte", stellte er mit einem Blick auf die Ahnengemälde der Fordes fest.

„Es gibt überhaupt nichts mehr, was wir verkaufen könnten", erklärte Mariota mit Nachdruck. „Wir haben doch schon oft genug darüber gesprochen, Jeremy. Du weißt so gut wie ich, daß alles, was auch nur ein paar Pfennige wert war, veräußert wurde, als Papa das Erbe übernahm."

„Ein Jammer, daß er seinen Adelstitel nicht verhökern kann", bemerkte Jeremy, „oder das Buch, an dem er nun schon seit drei Jahren schreibt."

Mariota stieß einen leisen Seufzer aus.

„Wenn es fertig ist, wird es niemand kaufen wollen. Es befaßt sich nur mit unserer Familie; dabei sind nur noch wenige Fordes am Leben."

„Und diese wenigen sind genauso arm wie wir", fügte Jeremy hinzu.

Er erhob sich vom Frühstückstisch und warf einen sinnenden Blick auf die riesige Tafel in der Zimmermitte, an der mindestens dreißig Personen Platz hatten. Dann betrachtete er den silbernen Kerzenleuchter auf der Anrichte, den Mariota jeden Abend auf den Tisch zu stellen pflegte, damit sie sich am warmen Schein der Kerzen erfreuen konnten.

Als hätte sie seine Gedanken erraten, wehrte sie ab.

„Nein, du darfst ihn nicht verkaufen, Jeremy! Er steht im Inventarverzeichnis und ist, wie du genau weißt, ein Geschenk George des Ersten an unseren Großvater, ein Erbstück also."

Jeremy antwortete nicht darauf und sagte dann unvermittelt:

„Ich habe eine Idee! Wenn du mir nicht gestattest, mich selbst zu bestehlen, dann werde ich mich eben an anderen gütlich halten!“

„Was meinst du damit? Willst du zum Dieb werden?“ fragte Mariota entgeistert.

„Zum Dieb nicht, aber zum Wegelagerer!“

„Du bist übergeschnappt!“

„Keineswegs. Erinnerst du dich an all die Geschichten über den Wegelagerer, der vor zwei Jahren unzählige Kutschen überfallen hat, ohne jemals erwischt zu werden?“

„Aber Jeremy, so etwas könntest du doch nicht tun!“

„Warum denn nicht? Ich bin bestimmt viel ärmer und bedürftiger, als jeder andere Wegelagerer, der jemals Reisende überfallen hat.“

„Das . . . das ist doch nicht dein Ernst?“

„Ist es doch“, erwiderte Jeremy. „Und wenn ich es mir genau überlege, werde ich deine Hilfe brauchen.“

„Meine . . . Hilfe?“

„Wenn Wegelagerer auch nur über einen Funken Verstand verfügen, unternehmen sie ihre Raubzüge zu zweit. Sonst läuft derjenige, der den Insassen der Kutsche Geld und Schmuck abnimmt, Gefahr, von den Männern auf dem Kutschbock hinterrücks angegriffen und vielleicht erschossen zu werden.“

Mariota begann, den Tisch abzuräumen. „Ich höre mir das nicht länger an“, sagte sie. „Du redest Unsinn. Wenn du etwas tun willst, dann sieh nach, ob im Garten noch ein paar Kartoffeln fürs Mittagessen zu finden sind.“

Wortlos wandte Jeremy sich ab und trat ans Fenster. Besorgt betrachtete ihn Mariota. Sie verstand sehr wohl, wie es ihn quälen mußte, den Besitz seiner Väter verfallen zu sehen und nichts anderes zu tun zu haben, als altersschwache Pferde zu reiten und altmodische Kleidung aufzutragen.

Seinem Gesichtsausdruck entnahm sie, daß er wieder einmal einem seiner verrückten Einfälle nachhing, die sie so fürchtete, weil sie stets in einer Katastrophe endeten und ihn in schreckliche Schwierigkeiten brachten.

„Du hörst mir überhaupt nicht zu, Jeremy!"

„Ich hab's!" stieß er plötzlich hervor. „Wir begeben uns heute nachmittag zur Worcester Road. Ganz bestimmt kommen da Kutschen mit reichen Leuten vorbei, die entweder nach Worcester wollen oder nach Malvern. Wir können uns einen der Geldsäcke aussuchen und als Wegelagerer mit der Beute unsere Taschen füllen, wie es seit fünfhundert Jahren auf unseren Straßen der Brauch ist."

„Wie kannst du dir nur eine so lächerliche und zudem noch gefährliche Sache ausdenken?" fragte ihn Mariota empört. „Du machst üble Scherze, finde ich."

„Das ist kein Scherz", belehrte sie Jeremy. „Ich werde mir Geld besorgen, damit ich wenigstens für eine Woche nach London reisen, mir ein paar hübsche Sachen kaufen und vielleicht eine reiche Erbin finden kann, die ich heirate."

„Eine reiche Erbin?" rief Mariota aus.

„Warum denn nicht? Wenn ich eine reiche Heirat mache, könnte ich unser Haus restaurieren lassen und dafür sorgen, daß wir hier alle herrlich und in Freuden leben können. Außerdem möchte ich in den Genuß all der Vergnügungen kommen, die jungen Adligen zustehen, statt hier in dieser Einöde zu verrotten."

Seine Stimme klang so verbittert, daß Mariota zu ihm trat und ihm begütigend die Hand auf den Arm legte.

„Tut mir so leid, Lieber", sagte sie, „aber wir dürfen einfach die Hoffnung nicht aufgeben, daß bald etwas für uns Positives geschehen wird."

„Wie lange soll ich noch darauf warten?" entgegnete Jeremy unwillig. „Bis ich im Grab liege?"

Darauf wußte Mariota auch keine Antwort, deshalb seufzte sie nur und sah ihn mit ihren grauen ausdrucksvollen Augen mitleidig an.

„Nein!" sagte Jeremy so laut, daß sie zusammenzuckte. „Hilf

dir selbst, dann hilft dir Gott! Genau das werde ich tun, und du wirst mir dabei helfen."

„Da täuschst du dich aber gewaltig!" entgegnete Mariota mit Nachdruck.

„Also gut", sagte Jeremy, „dann überfalle ich die Kutsche eben allein. Aber wenn mich irgendein schießwütiger Kutscher von hinten abknallt und ich in meinem Blute liege, wirst du's bitter bereuen."

„Wie kannst du so etwas Entsetzliches sagen!" rief Mariota verstört.

„Das sind doch ganz nüchterne Überlegungen. Wenn du mitkommst, besteht keinerlei Gefahr. Wir überfallen gemeinsam eine Kutsche. Während du den Kutscher und seinen Begleiter aufforderst, die Hände zu heben, und sie mit der Waffe in Schach hältst, nehme ich den Insassen ihre Wertsachen ab. Dann reiten wir im Galopp auf Nimmerwiedersehen davon."

„So einfach ist es ganz bestimmt nicht", sagte Mariota mit dünner Stimme. „Außerdem könnte man uns erkennen. Denk doch an den Skandal, den es geben würde, wenn man uns entlarvt!"

„Kein Mensch wird uns erkennen", erklärte Jeremy verächtlich, „weil wir nämlich Masken tragen werden. Aber warte mal, ich habe noch eine bessere Idee. Du wirst dich als Junge verkleiden."

„Als . . . Junge?" wiederholte Mariota tonlos.

„Meine alten Klamotten müssen noch irgendwo herumhängen. Du findest bestimmt eine passende Reithose und einen Reitrock, wie ich sie damals in Eton trug, als ich ungefähr deine Größe hatte."

„Ich kann das nicht tun! Ich kann einfach nicht!"

„Nun gut, wenn du mir nicht helfen willst, mach ich es eben allein", entgegnete Jeremy trotzig. „Leb wohl, Mariota! Du wirst keine Blumen für mein Grab brauchen, weil sie mich an der Wegkreuzung am Galgen aufknüpfen werden, zur Abschreckung anderer Straßenräuber!"

Mariota schrie angstvoll auf. „Das kann doch nicht dein Ernst sein!“ Doch während sie ihn anflehte und von seinem wahnwitzigen Vorhaben abzubringen versuchte, erkannte sie, daß Jeremy in der ihm eigenen impulsiven Art zum Wegelagerer werden würde – ob mit oder ohne ihre Hilfe.

Als sie um vier Uhr nachmittags vom Haus wegritten, wurde Mariota sich ihres wenig damenhaften Aufzugs deutlich bewußt. Sie trug eine Reithose, die Jeremy gepaßt hate, als er dreizehn war, dazu einen Rock, der ihr ein wenig zu groß war. Dazu hatte sie eine Reitkappe aus Samt gewählt, die sie tief in die Stirn gezogen hatte, einen kunstvoll gebundenen Seidenschal um den Hals, und fertig war die Verkleidung.

Als sie sich weit genug vom Haus entfernt und einen kleinen Wald erreicht hatten, zog Jeremy eine schwarze Gesichtsmaske aus der Tasche und reichte sie ihr.

„Zieh sie dir über“, sagte er. „Ich bin sicher, daß dich damit kein Mensch erkennen wird.“

Jeremy wirkte mit seiner Maske auf jeden Fall völlig fremd und entstellt. Dennoch glaubte Mariota, daß er mit dem schrägsitzenden Zylinder, seinen breiten Schultern und seiner aufrechten Haltung im Sattel von jedermann, der ihn kannte, entlarvt werden könnte.

Es war jedoch sinnlos, ihm das zu sagen. Den ganzen Morgen hatten sie sich gestritten, während Jeremy seine alten Sachen nach etwas Brauchbarem für sie durchwühlt hatte, aber alles, was sie jetzt noch gegen das Unternehmen vorbringen würde, war reine Zeitverschwendung.

Wenn Jeremy sich einmal etwas in den Kopf gesetzt hatte, hätte es schon eines Erdbebens bedurft, um ihn umzustimmen, und da sie schreckliche Angst um ihn hatte, hatte sie schließlich eingewilligt, mitzumachen.

Sie zog die Maske übers Gesicht, knüpfte das schmale Band am Hinterkopf fest und hoffte nur, daß sie während des Überfalls den Hut nicht verlieren würde, weil dann ihr Haar hervorquellen und sichtbar machen würde, daß sie kein junger Bursche war.

„Nimm jetzt die Pistole an dich", forderte Jeremy sie auf und zog die Waffe aus seiner Rocktasche. „Sie ist zündfertig und geladen. Sei also vorsichtig!"

„Ich muß sie doch nicht abfeuern, oder?" fragte Mariota mit leiser Stimme.

„Nur, wenn du Gefahr läufst, daß man dich schnappt und an den Galgen bringen will", erwiderte Jeremy. „Wenn du schießen mußt, dann ziele auf den Arm oder das Bein des Gegners, niemals auf den Körper oder den Kopf."

Mariota preßte die Lippen zusammen, sagte aber nichts. Sie war ein guter Schütze, hatte sie doch schon in jungen Jahren zusammen mit Jeremy und unter Anleitung ihres Vaters Zielübungen gemacht und ihre Treffsicherheit vervollkommnet, bevor sie an der Jagd hatte teilnehmen dürfen.

„Du bist ein Mädchen und wirst niemals eine Pistole abfeuern müssen!" hatte Jeremy damals verächtlich gesagt.

Ihr Vater war anderer Meinung. „Für eine Frau ist es immer sehr nützlich, wenn sie sich mit der Waffe in der Hand verteidigen kann", hatte er seinen Sohn belehrt.

Deshalb hatte er Mariota nicht nur beigebracht, wie man mit einer Schrotflinte umgeht, sondern sie auch gelehrt, eine Duellpistole abzufeuern. Obwohl sie jetzt inständig hoffte, keinen Schuß abgeben zu müssen, war sie doch überzeugt davon, daß sie im Ernstfall nicht Gefahr laufen würde, versehentlich einen Menschen zu erschießen.

„Bist du bereit?" fragte Jeremy. „Immerhin mußt du zugeben, Mariota, daß das alles aufregender ist, als zu Hause herumzusitzen und die Spinnweben zu zählen!"

Mariota hatte Herzklopfen und trockene Lippen und brachte keinen Ton hervor.

Jeremys verrückter Einfall mußte ja ein katastrophales Ende nehmen. Sie wagte gar nicht, sich auszumalen, wie entsetzlich es sein würde, wenn man sie erwischte und dem Richter vorführte.

Und doch blieb ihr im Augenblick nichts anderes übrig, als zu beten, daß ihr Vater niemals erfahren möge, was sie getan hatten.

Bei ihrem gemeinsamen Mittagessen war er wieder völlig geistesabwesend und zerstreut gewesen; so war er immer, wenn er sich gerade mit einem bestimmten Kapitel der Familiengeschichte befaßte und an nichts anderes denken konnte.

Da Jeremy ebenfalls seinen – allerdings völlig anders gearteten Gedanken – nachhing, war die Mahlzeit sehr still verlaufen. Da sie ohnehin nicht viel zu essen hatten, war sie auch schnell vorübergegangen.

Nur einmal, als Mariota mit einer Schüssel aus der Küche kam, hatte Jeremy lautstarken Protest angemeldet: „Nicht schon wieder Kaninchen!“

„Tut mir leid, Lieber“, sagte Mariota bedauernd, „aber zu dieser Jahreszeit gibt es kaum etwas anderes, wofür wir nichts bezahlen müssen.“

Der alte Jakob, der zusammen mit seiner Frau im Haushalt half, pflegte Wildkaninchen im Gebüsch mit der Schlinge zu fangen, und so waren sie zum Hauptnahrungsmittel ihrer eintönigen, unfreiwilligen Diät geworden.

Als Nachspeise gab es reife Stachelbeeren, die Mariota selbst gepflückt hatte. Die dornigen Sträucher hatten ihr dabei die Arme übel zerkratzt.

Während ihr Vater das Essen in sich hineinstopfte, ohne zu merken, was es war, hatte Jeremy seine Portion aufgegessen und danach gesagt: „Ich bin immer noch hungrig!“

„Wir haben leider nur noch etwas Käse da“, sagte Mariota. „Mrs. Robinson hat allerdings für heute frischen versprochen.“

Mariota hatte dafür gesorgt, daß die zum Haus gehörige Farm, die einst nur der Versorgung der Bewohner des Herrenhauses gedient hatte, für einen geringen Pachtzins Farmersleuten überlassen worden war, die dafür frische Eier, Milch, Butter und zuweilen auch Käse lieferten.

Zunächst waren die Robinsons mit dem Abkommen sehr zufrieden gewesen und hatten die Abgaben ohne Murren geleistet, doch in der schwierigen Nachkriegszeit hatten viele Farmer Existenzsorgen. Das war auch der Grund, weshalb Mariota die Robinsons ungern an die fälligen Abgaben erinnerte. Ihr Feingefühl für die Sorgen anderer Menschen verbot es ihr, auf ihre Rechte zu pochen. Lieber schickte sie hin und wieder Jakob los, wenn dringend etwas benötigt wurde.

Jeremy aß den Rest Käse auf, der auf dem Tisch stand, und kratzte die letzte Butter zusammen. Mariota fand, daß er seinem Vater etwas davon hätte abgeben müssen, aber der schien gar nicht zu merken, daß er die Mahlzeit früher beendet hatte als sein ewig hungriger Sohn.

Er erhob sich und sagte in die Runde: „Ich bin heute nachmittag sehr beschäftigt und wünsche nicht gestört zu werden."

„Niemand wird dich belästigen, Papa", versprach Mariota. „Schön, daß du mit dem Buch vorankommst."

„Es macht sich prächtig, ganz prächtig", murmelte Lord Fordcombe und verließ das Eßzimmer. Dann entfernten sich seine Schritte über den Flur.

„Wer sollte ihn wohl stören?" spottete Jeremy. „Wenn uns mal jemand besuchen würde, käme das einem Wunder gleich." Als Mariota schwieg, fuhr er fort: „Im Augenblick ist das allerdings ein Segen. Sobald du den Tisch abgeräumt hast, gehen wir nach oben und suchen die passende Kleidung für dich aus."

Später brachte Jeremy die gesattelten Pferde zum Seitenportal, wo sie, von Hecken und Sträuchern verborgen, aufsitzen konnten, ohne Gefahr zu laufen, von Jakob oder seiner Frau gesehen zu werden.

Die beiden alten Leute pflegten ohnehin selten aus dem Fenster zu sehen. Sobald Mrs. Brindle, Jakobs Frau, das Geschirr gespült hatte, machte sie in dem Lehnstuhl, den Mariota für sie in die Küche gestellt hatte, ein Nickerchen vor dem Feuer.

Die geräumige Gesindestube, in der sich früher zwanzig und

mehr Dienstboten zu den Mahlzeiten eingefunden hatten, wurde nicht mehr benutzt, ebensowenig die Spülküche mit ihrem Steinfußboden, den riesigen Spülbecken und der Speisekammer, wo auf den Steinplatten Gefäße mit Milch gestanden hatten, von der jeden Morgen die Sahne abgeschöpft wurde.

Sie erinnerte sich, wie köstlich es geschmeckt hatte, wenn sie ihren Porridge mit einem Schuß Sahne verfeinern konnte, aber das war ein Luxus, den sie sich heutzutage nicht mehr leisten konnten.

Die Milch, die ihnen von der Farm geliefert wurde, reichte gerade fürs Frühstück und für den Tee.

Es ist ein ständiger Kampf ums Überleben, dachte Mariota, und doch war das, was Jeremy vorhatte, trotz aller Schwierigkeiten, die sie täglich bewältigen mußten, ein großes Unrecht und viel zu riskant.

In ihrer Angst und Sorge betete sie darum, daß an diesem Nachmittag keine Kutsche auftauchte und Jeremy deshalb sein wahnwitziges Vorhaben nicht durchführen konnte.

Immerhin war es doch möglich, daß nur Bauern mit ihren Pferdewagen unterwegs waren, oder ein Pfarrer mit dem Leichenwagen, oder ein Frachtfuhrwerk, das die Farmen mit Waren belieferte.

Während sie in einigem Abstand hinter Jeremy herritt, überlegte sie, daß sie sich ein gutes Reitpferd mit Rasse und Temperament kaufen würde, wenn sie jemals etwas Geld übrig hatte, um mit ihm im Winter an der Jagd teilzunehmen.

„Feuervogel“ war alt und alles andere als temperamentvoll. Er trottete dahin, wie es ihm beliebte. Falls sie in Verlegenheit kam, auf diesem Pferd flüchten zu müssen, würde man sie mit Leichtigkeit einholen.

Jeremy ritt das beste Pferd, das sie besaßen, was auch nicht viel heißen sollte. Ihr Vater hatte Rufus billig von einem der örtlichen Farmer erstanden. Der Wallach hatte ihnen zwar gute Dienste geleistet, sah aber nach nichts aus und eignete sich nicht für Hindernisjagden. Das einzige, was man ihm allenfalls beibringen konnte, war eine Hecke zu überspringen, die nicht höher war als einen halben Meter.

Immerhin hatte Rufus vier Beine und trug seinen Reiter. Mariota sagte sich immer wieder, daß sie diese Vorteile schätzen mußten, solange sie ihnen erhalten blieben. Eines Tages würden sie vielleicht zu Fuß gehen müssen, weil sie sich die Pferde nicht mehr leisten konnten.

Die Worcester Road war nichts weiter als ein staubiger Weg, der an Hecken und Baumgruppen vorbeiführte.

Wie lange würden sie wohl warten müssen, dachte Mariota bang. Ein Glück, daß die Pferde sich ruhig verhalten und ganz sicher nicht nervös würden, wie es bei Rassetieren der Fall wäre.

„Möchte wissen, wann sich endlich was tut!“ Jeremys Stimme klang aufgeregt.

Es ist ungerecht, was wir tun, sagte Mariota sich immer wieder, aber es war sinnlos, das Streitgespräch von neuem zu beginnen. Ihr blieb nichts anderes übrig, als ihm beizustehen, wie er es verlangte, oder ihn schutzlos der Gefahr auszuliefern.

Da sie aber ihren Bruder liebte, konnte sie es nicht ertragen, im Haus zu bleiben und darauf zu warten, daß man ihr meldete, er sei entweder verwundet oder getötet oder gefangengenommen worden.

Was auch geschehen mochte, sie waren immerhin zusammen, und sie überlegte verzweifelt, wie ihr Vater und Lynne ohne sie zurechtkommen sollten.

Ihre Mutter wäre zutiefst schockiert gewesen, hätte sie erfahren müssen, daß ihre Tochter an einem solchen Abenteuer teilnahm, und in ihrer Angst und Verzweiflung betete Mariota inständig darum, daß Jeremy genügend Geld erbeuten möge und sie unbehelligt nach Hause zurückkehren konnten.

„Da kommt jemand!“ sagte er im Flüsterton.

Das Herz schlug Mariota bis zum Halse, als sie bemerkte, daß sich in einiger Entfernung etwas auf sie zubewegte.

Der Weg schlängelte sich dahin und beschrieb eine Kurve, so daß fast eine Minute verging, bis sie das Dach einer Kutsche zwischen den Hecken auftauchen sahen.

Als schließlich zu erkennen war, daß es ein leichter Jagdwagen war, der nur von einem Pferd gezogen wurde, sagte Jeremy verärgert: „Es ist nur der Sattler von Evesham. Es überrascht mich, daß er so weit liefert.“

„Vielleicht bringt er etwas zum Gutshof“, erwiderte Mariota. „Lynne erwähnte, daß der Gutsherr auf dem Pferdemarkt einige Tiere gekauft habe.“

„Er kann es sich leisten“, sagte Jeremy bitter.

Als die Kutsche des Sattlers an ihrem Versteck vorüberfuhr, konnten sie deutlich die Firmenaufschrift an der Seite lesen.

„Etwas, das wir uns nicht zu kaufen brauchen, sind Zügel, Sättel und Steigbügel“, sagte Jeremy. „In unseren Ställen ist Platz für vierzig Pferde, und so viel hat Großvater wohl auch einmal besessen.“

Mariota erwiderte nichts. Sie blickte den Weg hinunter.

„Da kommt etwas!“ rief sie dann aus.

Jeremy fuhr herum. „Du hast recht“, sagte er nach einer Weile. „Und diesmal sind es ganz bestimmt zwei Pferde.“

Mit angehaltenem Atem warteten sie, bis an der Wegbiegung zwei Pferde in flotter Gangart auftauchten, deren Geschirr in der Sonne blinkte und deren Zügel verrieten, daß sie einen wohlhabenden Besitzer hatten.

Auf dem Kutschbock saß außer dem Kutscher ein Lakai. Beide trugen Zylinder mit Kokarden, und den Mantel des Kutschers zierten Goldschnüre, die über die Schulter hingen.

Die Kutsche war Mariotas Schätzung nach ebenso prächtig wie die Pferde, die sie zogen, und ihr stockte der Atem, als ihr bewußt wurde, daß es genau das war, was Jeremy sich erhofft hatte.

Während die Kutsche immer näher kam, spürte Mariota, daß Jeremy ebenso unter der Spannung litt wie sie. Wenige Meter trennten sie noch von der Kutsche, da gab Jeremy seinem Pferd die Sporen, ritt mitten auf den Weg und hielt das Gefährt mit herrischer Geste auf.

Er brauchte kein Wort zu sagen. Die Maske über seinen Augen und die Pistole in seiner Hand bewirkten, daß der Kutscher sofort die Pferde zügelte, während der Lakai neben ihm angstvoll die Hände hob.

Dies war, wie Mariota sich hatte sagen lassen, der gefährlichste Augenblick. Sollte einer der Insassen der Kutsche bewaffnet sein, konnte er aus dem Fenster feuern, ohne sich selbst zu gefährden. Deshalb war es ihre Aufgabe, ihr Pferd neben die Kutsche zu lenken und die Insassen mit ihrer Waffe in Schach zu halten.

Zu ihrer maßlosen Erleichterung wurde ihr das erspart, denn in der Kutsche befand sich nur eine einzelne Dame.

„Hände oben lassen!“ befahl Jeremy mit herrischer Stimme. Dann tauchte er neben der Kutsche auf.

„Halt sie in Schach!“ sagte er zu Mariota.

Sie richtete ihre Pistole nicht auf das Fenster, sondern auf die beiden Männer auf dem Kutschbock, während ihr Bruder sich im Sattel vorbeugte und die Wagentür öffnete.

Vor Angst zitterte die Pistole in Mariotas Hand derart, daß sie nicht wagte, die beiden wie zu Stein erstarrten Männer auch nur eine Sekunde aus den Augen zu lassen.

Besonders der Lakai, ein sehr junger Mann, war bleich vor Furcht und streckte die Arme so hoch er konnte in die Luft.

Jeremys gedämpfte Stimme verriet Mariota, daß er die Dame in der Kutsche aufforderte, Geld und Schmuck herauszugeben. Wenig später richtete er sich wieder auf. „Vielen Dank, Madame“, sagte er und schloß die Wagentür.

„Weiterfahren!“ befahl er dem Kutscher. „Untersteht euch, auch nur einen einzigen Blick zurückzuwerfen, dann holt euch der Teufel!“

Der Kutscher ließ sich das nicht zweimal sagen. Mit der Peitsche trieb er die Pferde zu einer flotten Gangart an, um den Ort des Überfalls so rasch wie möglich hinter sich zu lassen.

Mariota stieß einen erleichterten Seufzer aus.

„Ein guter Fang!“ sagte Jeremy triumphierend. „Laß uns nach Hause reiten und die Beute zählen.“

Den linken Fuß im Steigbügel, wollte er sich in den Sattel schwingen. In diesem Augenblick erstarrte Mariota vor Entsetzen. Ein Reiter tauchte zwischen den Bäumen auf der anderen Straßenseite auf und hielt auf sie zu.

Sie öffnete den Mund, um Jeremy mit einem Schrei zu warnen, da zog der Fremde eine Waffe aus der Tasche und zielte damit auf Jeremys Rücken.

Ohne zu denken, reagierte sie instinktiv. „Vorsicht!“ schrie sie und feuerte im gleichen Augenblick einen ungezielten Schuß ab.

Der Knall ließ Feuervogel und auch Rufus hochgehen, und damit wurde Jeremy daran gehindert, aufzusteigen. Noch verheerender war die Wirkung auf das Pferd des Fremden. Es scheute und warf seinen Reiter, der den Zügel nur in einer Hand hielt und nicht auf das Aufbäumen des Pferdes vorbereitet war, in hohem Bogen rücklings aus dem Sattel. In panischer Angst galoppierte das reiterlose Tier die Straße hinunter.

Regungslos blieb der Fremde auf dem staubigen Boden liegen. Nur mit Mühe gelang es Mariota, Feuervogel zu beruhigen.

„Habe . . . habe ich ihn getötet?“ fragte sie dann mit versagender Stimme.

„Du hast ihn vermutlich überhaupt nicht getroffen“, erwiderte Jeremy. „Doch wir wollen uns besser vergewissern.“

Sobald Mariota aus dem Sattel gesprungen war, begann Feuervogel am Gras zu knabbern, das am Wegrand stand, und machte keine Anstalten, davonzutraben.

Sie trat zu Jeremy und dem zu Boden gestürzten fremden Reiter.

„Habe ich ihn verletzt?“ fragte sie angstvoll.

„Nein, er hat keinen Kratzer abbekommen“, beruhigte sie Jeremy. „Vermutlich ist er mit dem Kopf aufgeschlagen und hat das Bewußtsein verloren.“

Tatsächlich entdeckten sie in der Nähe des Kopfes einen Felsblock, den der Fremde gestreift haben mußte.

„Was sollen wir nur tun?“ fragte Mariota, einer Panik nahe.

„Einfach liegenlassen können wir ihn wohl nicht, oder?“

„Nein, auf keinen Fall!“ rief Mariota aus. „Wenn er stürbe, wäre es unsere Schuld!“

Bestürzt hielt sie inne, als ihr Bruder die Taschen des Fremden zu durchsuchen begann und eine Brieftasche aus seinem Rock zog.

„Was . . . was machst du denn da?“ fragte sie entsetzt.

„Da er im Begriff war, einen Wegelagerer niederzuschießen und dabei vom Pferd fiel, muß der Räuber ihm natürlich sein Geld abnehmen.“

„Aber . . . aber, das kannst du doch nicht tun!“

„Als Straßenräuber schon“, belehrte sie Jeremy. „Dann kehren wir als gute Samariter zum Unfallort zurück, retten den Fremden und bringen ihn bei uns in Sicherheit, bevor er das Bewußtsein wiedererlangt.“

Zunächst war Mariota fassungslos, doch dann mußte sie sich eingestehen, daß seine Argumentation einer etwas merkwürdigen Logik nicht entbehrte. Ein echter Wegelagerer hätte die Bewußtlosigkeit des reichen Kavaliers – denn um einen solchen handelte es sich offensichtlich – schamlos ausgenutzt, um ihn auszurauben und dann seinem Schicksal zu überlassen.

Es war auch durchaus einleuchtend, daß man den Verletzten zum nächstgelegenen Gutshaus gebracht hatte, um sich um ihn zu kümmern, bevor er seinen Ritt fortsetzen konnte.

Nachdem Jeremy sich die Brieftasche des Fremden angeeignet hatte, leerte er auch noch dessen Hosentaschen aus. Es kam eine beträchtliche Summe Geldes zutage.

Anschließend streifte er seine Gesichtsmaske ab, und Mariota folgte unaufgefordert seinem Beispiel.

„Also“, schärfte er ihr dann ein, „ich bin wie jeden Nachmittag ausgeritten und habe den Bewußtlosen auf unserem Land entdeckt. Offensichtlich war er überfallen und ausgeraubt worden."

„Wie sollen wir ihn zum Haus bringen?"

„Du wirst dich auf keinen Fall daran beteiligen", erklärte ihr Jeremy. „Niemand darf dich in dieser Verkleidung sehen. Du reitest auf dem schnellsten Wege nach Hause, ziehst dich um und fällst aus allen Wolken, wenn ich mit unserem müden Krieger da an der Pforte erscheine."

„Du kannst ihn doch nicht allein tragen."

„Das weiß ich selbst", entgegnete Jeremy ungeduldig. „Ich habe vorhin im Vorüberreiten zwei Männer auf Robinsons Feld arbeiten sehen. Die werden mir helfen."

Sein Blick fiel auf den Fremden, als wollte er abschätzen, wie schwer er sein mochte. Auch Mariota betrachtete den Bewußtlosen zum erstenmal näher und bemerkte erst jetzt, daß es sich um einen auffallend gutaussehenden Mann handelte.

Er war elegant gekleidet, trug modische Reitstiefel und eine nach neuester Mode gebundene Krawatte. Sein Reitzylinder war ihm beim Sturz vom Kopf gefallen. Auch er wirkte vornehmer als die Hüte, die ihr Vater und Jeremy zu tragen pflegten. Die ganze Erscheinung des Fremden machte einen sehr wohlhabenden und vornehmen Eindruck.

„Beeil dich, Mariota!" drängte Jeremy. „Es könnte jemand kommen, und du darfst unter keinen Umständen in dieser Verkleidung gesehen werden."

„Nein, natürlich nicht", erwiderte sie hastig, lief zu Feuervogel, schwang sich in den Sattel und ritt querfeldein zum Haus zurück.

Erst auf dem Rückweg wurde ihr das Ungeheuerliche an Jeremys Handlungsweise in vollem Umfang bewußt, und sie erkannte, welche verheerende Auswirkung es um ein Haar für sie beide gehabt hätte.

Immerhin war es ein aufregendes Abenteuer gewesen, an das sie sich in Zukunft gemeinsam erinnern konnten, um nicht immer nur an ihre Geldsorgen denken zu müssen.

2

Das Warten auf Jeremys Rückkehr zog sich unerträglich lange hin. Die Minuten wurden Mariota zu Stunden, und sie befürchtete, daß irgend etwas geschehen war, das seine Pläne durchkreuzt hatte.

Während sie sich mit diesen und ähnlichen Gedanken beschäftigte, wurde ihr klar, daß er recht gehabt hatte, als er darauf bestanden hatte, den Gestürzten zunächst ins Haus zu bringen.

Außerdem hatten die Männer auf dem Feld sie ganz sicher vorüberreiten sehen und hätten sich sicher sehr gewundert, wenn Jeremy und sie nach Hause zurückgekehrt wären, ohne etwas von dem Unfall bemerkt zu haben.

Jeremy ist schlau. Er hat an alles gedacht, gestand Mariota sich ein.

Gleichzeitig erfüllte es sie mit Entsetzen, daß er etwas so Schändliches und Gefährliches getan hatte. Wenn sie nun den fremden Reiter nicht rechtzeitig entdeckt und durch ihren Schuß abgeschreckt hätte, dann würde ihr Bruder vielleicht jetzt tödlich verwundet im Staub der Straße liegen. Wie entsetzlich das für sie alle gewesen wäre, von dem Skandal ganz abgesehen, wagte sie sich gar nicht im einzelnen auszumalen.

Niemals dürfen wir wieder so etwas Schreckliches tun, nahm sie sich in diesen bangen Minuten des Wartens und der Ungewißheit vor.

Sie fürchtete jedoch, daß Jeremy durch den Erfolg ermutigt sein könnte, sich in Zukunft auf diese Weise zu leichtem Geld zu verhelfen.

Es ist unrecht, Mama, unterhielt sie sich in Gedanken mit ihrer

Mutter. Aber er ist so jung und findet es abscheulich, sich nicht modisch kleiden zu können und keine nützliche, seiner gesellschaftlichen Stellung angemessene Beschäftigung zu haben.

Während ihres stummen Zwiegesprächs mit ihrer Mutter hatte sie die Augen geschlossen. Als sie sie wieder öffnete, sah sie mehrere Männer die Auffahrt hochkommen.

Im gleichen Moment erkannte sie in ihnen die beiden Söhne von Farmer Robinson. Sie trugen den Fremden auf einem breiten Holzbrett und bewegten sich sehr langsam. Offensichtlich war er sehr schwer.

Mariota ging zum Fenster und beobachtete sie hinter der Gardine. Sie schienen endlos lange zu brauchen, bis sie die Haustür erreichten.

Eilig öffnete sie die Haustür und ging ihnen entgegen.

„Was ist denn passiert?" fragte sie mit gutgespieltem Erstaunen.

„Master Jeremy hat uns gebeten, ihn ins Haus zu bringen, Miß", erklärte einer der Farmerssöhne. „Sein Gaul muß ihn abgeworfen haben, und der Master will versuchen, das durchgegangene Tier einzufangen."

Mariotas Blick fiel auf den Fremden und erfaßte die häßliche Schramme an seiner Schläfe, wo er auf den Stein geprallt war. Außerdem wirkte seine Schulter unnatürlich verdreht, und das erschreckte sie sehr.

Als wollte er ihrer Frage zuvorkommen, sagte der junge Farmer: „Master Jeremy befürchtet, daß er einen Schlüsselbeinbruch erlitten hat."

„Um Himmels willen!" Diesmal war Mariotas Erschrecken echt. „Wir müssen sofort jemand zu Dr. Dawson schicken. Weiß einer von Ihnen, wo der Doktor um diese Zeit sein könnte?"

Beide Männer schüttelten den Kopf. „Ich kümmere mich später darum", entschied Mariota. „Tragen Sie den Verletzten jetzt vorsichtig nach oben. Ich gehe voraus und zeige Ihnen, in welchem Zimmer wir ihn unterbringen werden."

Die Entscheidung darüber hatte sie bereits vorhin getroffen, als sie sich in aller Eile ihrer Verkleidung entledigt hatte.

Als die Familie beschlossen hatte, die meisten Räume des Hauses nicht mehr zu benutzen, war man so nahe wie möglich zusammengerückt.

Da Mariota es nicht übers Herz brachte, ihren Vater aus der Herrschaftssuite umzuquartieren, war den übrigen Familienmitgliedern nichts anderes übriggeblieben, als die Prunkgemächer zu beziehen. Für sich selbst hatte sie das Zimmer ihrer Mutter ausgewählt, das an das ihres Vaters angrenzte und die „Königinsuite" genannt wurde, weil Königin Elisabeth während ihres Aufenthalts im Herrenhaus darin genächtigt hatte.

Damals hatte die Königin verfügt, daß das Haus fortan „Königinnen-Furt" heißen sollte, weil der damalige Besitzer ihr zu Ehren eine Spezialbrücke hatte errichten lassen, damit Ihre Majestät trockenen Fußes den Fluß überqueren und ins Dorf gelangen konnte, was bis dahin nur mit kleinen Booten möglich gewesen war.

An die Königinnensuite grenzte das Königsgemach an, das Charles II. nach der Restauration einmal bewohnt hatte und eigentlich Jeremy zugedacht war. Doch er mochte weder das mit Krönchen, Tauben und Amoretten-Schnitzereien überladene Himmelbett noch die übrige verspielte Einrichtung.

Er zog einen Raum auf der anderen Seite des Flurs vor, der spartanisch möbliert war und dessen Wände er mit Gemälden seiner Ahnen bei sportlicher Betätigung zierte. Seine eigene Waffensammlung brachte er auch darin unter, da Mariota die Waffenkammer abgesperrt hatte.

Jetzt wies sie den Männern den Weg zum Königsgemach. Dort angekommen, befürchtete sie, daß die provisorische Trage nicht durch die Tür gehen würde.

Die beiden Männer keuchten unter der Last, die sie mühsam die Treppe hochgeschleppt hatten, und setzten das Brett mit dem bewußtlosen Fremden auf dem Flur ab.

In diesem Augenblick öffnete sich eine Zimmertür, und Lord Fordcombe erschien mit einem Buch in der Hand auf der Schwelle.

Verwundert schaute er auf das, was sich auf dem Gang tat. „Wer ist das?“ wollte er wissen. „Warum bringt ihr diesen Mann hierher?“

„Davon wollte ich dich gerade unterrichten, Papa“, erwiderte Mariota. „Jeremy hat ihn verletzt auf der Straße entdeckt. Er ist offensichtlich vom Pferd gefallen und soll bei uns Aufnahme finden, bis er sein Bewußtsein wiedererlangt hat.“

„Er hat sich offensichtlich an der Stirn verletzt“, stellte Lord Fordcombe fest, als er sich über den Bewußtlosen beugte. „Bringen wir ihn ins Bett. Ich helfe den Männern. Du, Mariota, solltest dich darum kümmern, daß Dr. Dawson gerufen wird, oder ist Jeremy bereits auf dem Weg zu ihm?“

„Er ist auf der Suche nach dem durchgegangenen Pferd des Fremden.“

„Dann schick Jakob ins Dorf, nein, besser noch, reite selbst mit Feuervogel los. Das geht schneller.“

„Wird gemacht, Papa.“

Mit dem beruhigenden Gefühl, daß ihr Vater die Angelegenheit sehr gelassen aufgenommen und sich sehr umsichtig gezeigt hatte, eilte Mariota den Gang hinunter. Sie wurde hier nicht mehr gebraucht. Zu dritt würden es die Männer schaffen, den Fremden ins Bett zu bringen.

Zum Glück hatte sie es nach ihrer Rückkehr so eilig gehabt, die Kleidung zu wechseln, daß sie sich nicht die Zeit genommen hatte, Feuervogel abzusatteln. Sie hatte ihn nur in seine Box geführt und sich vorgenommen, sich später um ihn zu kümmern, wenn sich der Trubel um den Verletzten etwas gelegt hatte.

Da Feuervogel ermüdet war vom nachmittäglichen Ritt, war er zu keiner flotten Gangart zu bewegen und brauchte bis zu Dr. Dawsons Haus eine Viertelstunde.

Wie sie erwartet hatte, war der Doktor nicht zu Hause. Seine

Frau versprach jedoch, ihn zum Herrenhaus zu schicken, sobald er zurückgekehrt war.

„Nicht zu fassen, daß Ihr Bruder auf einer unserer Landstraßen einen Verletzten gefunden hat!“ rief Mrs. Dawson aus. „Wer er wohl sein mag? Etwas so Aufregendes passiert selten in unserer Gegend!“

„Das ist wahr!“ bestätigte Mariota lächelnd. „Sobald wir den Namen des Fremden erfahren haben, werde ich Dr. Dawson davon unterrichten.“

„Ich bin neugierig, wer es ist“, sagte Mrs. Dawson. „Es könnte ein Gast von Lord Dudley sein. Sieht er aus wie ein hochgestellter Aristokrat?“

„Schon möglich“, erwiderte Mariota. „Ich habe ihn allerdings nur kurz gesehen und bin dann gleich losgeritten.“

„Nun, wir werden es bald erfahren“, sagte Mrs. Dawson überzeugt. „Da mein Mann jedoch niemals mit mir über seine Patienten spricht, verlasse ich mich darauf, daß Sie mich unterrichten.“

Mariota versprach es und begab sich eilig auf den Heimritt. Als sie Feuervogel in seine Stallbox führte, erkannte sie, daß Jeremy inzwischen eingetroffen war. Die Box, die sonst immer leer war, beherbergte einen der prächtigsten Hengste, die sie je gesehen hatte.

Jeremy hatte ihm Zügel und Sattel abgenommen, und das schwarze Fell des Hengstes glänzte in der durchs Stallfenster eindringenden Sonne.

Einmal ein solches Pferd zu reiten, das war Mariotas Traum, und sie fragte sich, ob er jemals in Erfüllung gehen würde. Vermutlich würde Jeremy dafür sorgen, daß der Hengst während der Krankheit seines Herrn bewegt wurde.

In der Halle traf sie mit ihrem Vater und Jeremy zusammen.

„Ist Dr. Dawson bereits unterwegs?“ fragte Lord Fordcombe.

„Ich habe ihm eine Nachricht hinterlassen, Papa. Mrs. Dawson erwartet ihn in einer halben Stunde zurück.“ Damit wandte sie sich an Jeremy.

„Wie ich gesehen habe, ist es dir gelungen, das Pferd des Fremden einzufangen.“

„Mit einigen Schwierigkeiten habe ich es eingeholt und bin auf ihm nach Hause geritten“, erwiderte Jeremy. „Es war einfacher, Rufus am Zügel hinterher zu führen.“

Das Blitzen seiner Augen und der begeisterte Ton, in dem er darüber sprach, verrieten Mariota, daß es für ihn ein aufregendes Erlebnis gewesen war, das er genossen hatte.

„Sagt mir Bescheid, wenn Dr. Dawson eintrifft“, ließ ihr Vater sich vernehmen und wandte sich seinem Arbeitszimmer zu. „Ich habe viel zu tun, und diese Unterbrechungen sind sehr störend.“

„Tut mir leid, Papa“, sagte Mariota, glaubte aber nicht, daß ihr Vater es noch gehört hatte. Die Tür fiel ins Schloß, und sie sah ihren Bruder an, der ihr vertraulich zublinzelte.

„Jetzt können wir unseren widerrechtlich erworbenen Gewinn zählen“, sagte er leise. „Komm mit, Mariota.“

Er nahm zwei Stufen auf einmal, als er die Treppe hocheilte, und sie folgte ihm hastig.

Obwohl keine Gefahr bestand, daß man sie stören würde, schloß er seine Schlafzimmertür von innen ab, bevor er die Brieftasche, die er dem Fremden abgenommen hatte, aus der Tasche zog, zusammen mit einigen Münzen und einer sehr hübschen schwarzen Handtasche mit weißer Stickerei.

„Du hast der Dame die Handtasche weggenommen, Jeremy!“ sagte Mariota entrüstet.

„Einen Brillantring habe ich ihr gelassen.“

„Wie großzügig von dir“, sagte sie ironisch. „Warum denn?“

„Weil er für sie ideellen Wert hatte“, erklärte er. „Er stammt von ihrem verstorbenen Gatten, wie sie mir sagte.“

„Glaubst du, es war die Wahrheit?“

„Ganz sicher“, erwiderte Jeremy überzeugt. „Als sie es mir erzählte, habe ich ihr nicht nur geglaubt, sondern ich hatte auch Mitleid mit ihr.“

Das klang so rührend, daß Mariota ihm einen Kuß auf die Wange gab. „Ich hab' dich lieb", sagte sie. „Du bist gar nicht so schlecht, wie du immer tust."

Jeremy öffnete die Brieftasche. Ungläubig starrten sie beide auf den Inhalt. Es befanden sich zwei Hundert- und drei Fünfzigpfundnoten darin.

Jeremy stieß einen leisen Pfiff aus und schüttete dann den Inhalt der Damenhandtasche aufs Bett. Es kamen drei Goldmünzen im Wert von fünf Pfund und zehn goldene Sovereigns zum Vorschein.

Der Anblick des kleinen Vermögens verschlug Mariota die Sprache. Entgeistert starrte sie auf das Geld, das Jeremy jetzt mit den Münzen, die er in der Hosentasche des Fremden gefunden hatte, zusammenzählte.

„375 Pfund!" verkündete er, eher überrascht als triumphierend.

„Ich kann es einfach nicht glauben!" sagte Mariota verstört. „O Jeremy, du solltest es zurückgeben!"

„Damit sie mir eine Schlinge um den Hals legen? Sei nicht töricht, Mariota. Im Augenblick verspüre ich nicht die geringste Lust, zu sterben."

„Nein . . . nein, natürlich nicht, aber . . ."

„Es gibt kein ‚aber'", fiel er ihr ins Wort. „Uns bleibt nichts anderes übrig, als es als unser Geheimnis zu bewahren. Eins aber verspreche ich dir."

„Was ist das?"

„Ich werde so etwas nie wieder tun!"

Darüber war sie so erleichtert, daß ihr Tränen in die Augen traten. „Warum . . . nicht?" fragte sie ihn.

„Weil ich erkannt habe, daß ich nicht nur mein eigenes Leben aufs Spiel gesetzt, sondern auch deines gefährdet habe. Du befandest dich genau in der Schußlinie und hättest getötet werden können."

Sein Gesicht trug einen Ausdruck, wie sie ihn noch nie bei ihm bemerkt hatte.

„Als du den Schuß abgefeuert hast und er vom Pferd fiel", fuhr Jeremy fort, „wurde mir blitzartig klar, welches Risiko ich eingegangen war. Ich habe mich wie ein Idiot benommen."

Tränen der Erleichterung rannen Mariota über die Wangen, und sie wischte sie hastig weg.

„Ich . . . ich bin so froh, daß du das gesagt hast."

„Während ich nach dem Pferd des Fremden suchte, habe ich über alles nachgedacht", fügte Jeremy hinzu. „Ich glaube, Mariota, ich bin endlich erwachsen geworden. Wenn dir etwas zugestoßen wäre, hätte ich nie wieder jemanden in die Augen sehen können."

„O Jeremy!" stieß Mariota mit tränenerstickter Stimme hervor.

Da er Tränen haßte und es ihn verlegen machte, wenn sie weinte, zwang sie sich zu einem Lächeln.

„Immerhin", sagte sie betont munter, „kannst du dir jetzt all die schönen Sachen leisten, die du dir erträumt hast, und du kannst nach London reisen."

„Das tue ich auch", erwiderte Jeremy, „allerdings aus anderen Gründen, als ich sie ursprünglich hatte, bevor ich mich in dieses zweifelhafte Abenteuer stürzte."

Fragend sah sie ihn an, und er fügte erklärend hinzu: „Ich habe mir in allen Einzelheiten ausgemalt, was wir tun würden, wenn wir zu Geld kämen, aber all meine Pläne wurden dann durch den Fremden, um den wir uns kümmern müssen, durchkreuzt."

„Dr. Dawson wird bestimmt dafür sorgen, daß er wieder auf die Beine kommt."

„Darum geht es nicht", wehrte Jeremy ungeduldig ab. „Vielmehr ist doch offenkundig, daß er der Dame in der Kutsche in irgendeiner Weise nahestehen muß, oder vielleicht sogar zu ihrer Eskorte gehörte."

„Daran habe ich noch gar nicht gedacht!" rief Mariota erschrocken aus.

„Aber ich", betonte Jeremy. „Vermutlich muß er einige Tage in unserem Haus zubringen, so daß ihre Suche nach ihm zwangsläufig hier enden wird. Sie darf mich aber auf keinen Fall sehen!"

„Du meinst . . . sie könnte dich wiedererkennen?" fragte Mariota bestürzt. Ihr fiel ein, daß sie selbst schon befürchtet hatte, seine hochgewachsene, breitschultrige Gestalt, das trotz der entstellenden Maske schöne Gesicht und seine unnachahmliche Haltung könnten ihn verraten.

„Du mußt sofort von hier verschwinden!" sagte sie tonlos.

„Genau das habe ich vor", sagte er. „Sollte der Fremde tatsächlich noch hier sein, wenn ich zurückkomme, dann wird mich seine Frau, oder wer immer die Dame sein mag, ganz gewiß nicht mit dem ärmlich gekleideten, maskierten Wegelagerer in Verbindung bringen."

„Ja, natürlich. Was du sagst, hat Hand und Fuß", pflichtete Mariota ihm bei. „In einer Woche oder so wird es ihr schwerfallen, sich genau an alle Einzelheiten des Überfalls zu erinnern."

„Zu dieser Erkenntnis bin ich auch gekommen", sagte Jeremy. „Verzeih mir, daß ich es wie immer dir überlasse, die Folgen allein auszubaden, Mariota, aber ich muß morgen in aller Frühe nach London aufbrechen."

„Natürlich, mein Lieber. Es ist bestimmt das einzig Richtige, was du tun kannst. Du mußt nur eine plausible Erklärung für Papa finden."

Jeremy lachte. „Ich bezweifle, daß er meine Abwesenheit überhaupt bemerken wird. Es ist also das beste, du wartest erst ab, ob er nach mir fragt, bevor du ihm eine Erklärung abgibst."

„In Ordnung." Mariota seufzte. „Wie du schon sagst, wird Papa vielleicht überhaupt nicht bemerken, daß eine Person weniger am Tisch sitzt."

Unwillkürlich blickte sie auf die blitzenden Goldmünzen auf dem Bett, als sie an die Mahlzeiten dachte, die sie auf den Tisch bringen mußte.

„Sobald ich in London angekommen bin", sagte Jeremy, „werde ich das Geld bei einer Bank auf ein Sonderkonto einzahlen, von dem ich es später bei Bedarf abheben kann. Hier in unserer

Umgebung darf niemand auch nur ahnen, daß wir plötzlich zu Geld gekommen sind."

„Natürlich nicht."

„Deshalb wäre es klüger, du hättest nicht mehr als fünf Pfund zur Verfügung", überlegte Jeremy. „Natürlich bekommst du später mehr."

„Nein!" sagte Mariota abwehrend. „Ich will nichts davon haben. Es ist sehr lieb von dir gedacht, aber ich bin der gleichen Meinung wie du, nämlich, daß das Geld das Risiko nicht wert ist. Ich könnte keinen Cent davon ausgeben, ohne an den entsetzlichen Augenblick denken zu müssen, als der fremde Reiter mit der Waffe auf deinen Rücken zielte."

„Du hast mich gerettet und sehr klug und umsichtig gehandelt", sagte Jeremy, „aber du mußt das Ganze vergessen."

„Ich nehme etwas Geld für Nahrungsmittel an, weil das Papa und Lynne helfen wird", entschied Mariota, „aber sonst nichts!"

Sie sagte das so heftig und mit solchem Nachdruck, daß Jeremy es für klüger hielt, ihr nicht zu widersprechen.

„Ich füge mich deinen Wünschen, würde dir aber raten, niemanden spüren zu lassen, daß du über einige Mittel verfügst, vor allem beim Einkauf im Dorf."

Mariota lachte ein wenig gezwungen. „Sie sind so daran gewöhnt, daß ich selten mehr als Sixpence in der Tasche habe, daß sie allein das Blinken einer Goldmünze neugierig machen würde."

„Dann laß lieber eine größere Rechnung zusammenkommen. Sie werden glauben, Papa habe sie bezahlt. Oder du läßt das Geld in Malvern wechseln. Hier sind fünf Sovereigns. Das dürfte reichen, bis ich wiederkomme."

„Geh mit dem Rest sorgfältig um", warnte ihn Mariota. „Es muß lange reichen."

„Das weiß ich", gab Jeremy in gedämpftem Ton zurück. „Solltest du allerdings befürchten, ich würde es an irgendwelchen Spieltischen oder ähnlichem Teufelszeug verprassen, vergiß es!"

Er klaubte fünf Goldmünzen von der Bettdecke und reichte sie Mariota.

Sekundenlang zögerte sie, weil sie sich in ihrer lebhaften Phantasie ausmalte, es klebe Blut daran, doch dann siegte die Vernunft. Wenn Jeremy nicht mehr da war, würden sie noch weniger Eßbares haben als zuvor, außerdem mußte sie dem Verletzten ordentliche Mahlzeiten zukommen lassen, sie würde also Hühner, Eier und Butter zusätzlich kaufen müssen.

Als sei damit alles geregelt, begab Jeremy sich zu einem Schrank in seinem Zimmer und zog eine abgeschabte, zerbeulte Reisetasche hervor. In ihr verstaute er, was er für London benötigte, ohne daß sie zu schwer wurde, denn immerhin mußte er damit bis zur Kreuzung laufen, wo die Postkutsche abfuhr.

Während er seine Sachen einpackte, erbot sich Mariota, seine Krawatten zu bügeln und die Stiefel blank zu putzen. „Damit du so hübsch wie möglich aussiehst, bis du dir neue Sachen kaufen kannst", erklärte sie.

Sein Lächeln verriet ihr, wie sehr er sich darauf freute, nach der neuesten Mode gekleidet zu sein und auf der Straße Aufsehen zu erregen.

„Hast du dir die Kleidung des Fremden angesehen?" fragte sie ihn aus ihren Gedanken heraus.

„Natürlich habe ich das."

„Mir gefiel die Art, wie er seine Krawatte gebunden hat."

„Mir auch", sagte Jeremy. „Keine Bange, Mariota, ich weiß genau, was ich mir kaufen und wo ich meine Einkäufe tätigen werde. Es wird teuer werden, aber wie du schon erwähntest, es muß auch lange Zeit halten."

„Es wird aufregend sein, dich als Dandy wiederzusehen."

„Nicht als Dandy!" sagte Jeremy verächtlich. „Das sind eingebildete, aufgedonnerte Lackaffen! Ich hätte allerdings nichts dagegen, als Beau, als Kavalier bezeichnet zu werden und dem Gentleman zu gleichen, dem du zu einer Ohnmacht verholfen hast, ohne ihn zu berühren."

Mariota wehrte entsetzt ab. „Ich . . . . ich möchte nicht mehr daran denken. Ich dachte, ich hätte ihn umgebracht!"

„Vergiß es! Wenn du mich fragst, so wird er, sobald er das Bewußtsein wiedererlangt hat, gewiß auch nicht gern daran erinnert werden, daß er vom eigenen Pferd gefallen ist!"

Mariotas Lachen fiel ein wenig kläglich aus. Sie lief zur Tür, schloß auf und verschwand auf der anderen Seite des Ganges in ihrem Zimmer. Die fünf Sovereigns, die Jeremy ihr gegeben hatte, versteckte sie im hintersten Winkel einer Schublade der Frisiertoilette, in der ihre Mutter immer ihren Schmuck aufbewahrt hatte, und wieder quälte sie die Vorstellung, daß Blut an diesen Münzen klebte.

Immerhin würden sie Jeremy Glück bringen und hatten niemandem ein Leid zugefügt, außer dem Fremden, der nebenan lag und um den sie sich als nächstes kümmern mußte.

Sie betrat das Königsgemach und stellte fest, daß man den Gentleman entkleidet und in eines der Nachthemden ihres Vaters gesteckt hatte.

Wieder fiel ihr auf, wie gut er aussah, wie scharfgeschnitten, beinahe herb sein Gesicht wirkte. Um den Mund glaubte sie selbst jetzt im Schlaf einen zynischen Zug zu entdecken, als sei er herrisch und gewohnt, Befehle zu erteilen.

Die Wunde an seiner Stirn hatte leicht geblutet und zog sich bis zur Augenpartie hin. Bis morgen würde sie von einer häßlichen dunklen Schwellung umgeben sein.

Da er regungslos in den Kissen lag, wirkte er beinahe wie eine aus Stein gemeißelte Grabfigur.

„Ganz sicher ist er eine bedeutende Persönlichkeit", überlegte sie, und sie fragte sich, ob er wohl sehr erzürnt sein würde, wenn er das Bewußtsein wiedererlangte und erfuhr, was ihm zugestoßen war.

Plötzlich verspürte sie entsetzliche Angst, er könnte sterben, ohne wieder zu sich zu kommen, ohne ein einziges Mal die Augen zu öffnen.

Der Gedanke ängstigte sie dermaßen, daß sie das Laken anhob und die Hand leicht auf sein Herz legte. Einen Augenblick lang fürchtete sie, er sei tatsächlich tot, doch dann spürte sie einen Herzschlag und atmete erleichtert auf.

Behutsam zupfte sie das Laken wieder zurecht und trat dann zum Fenster, durch das die letzten Strahlen der untergehenden Sonne fielen. Sie zog die Vorhänge zu, so daß das Zimmer in Dämmerlicht getaucht war.

Gedankenverloren ging sie zum Bett des Fremden zurück und hatte dabei das Empfinden, daß dieser vornehm aussehende Gentleman zu Recht im Königsgemach ruhte; etwas Majestätisches ging von ihm aus.

„Lieber Gott, laß ihn rasch wieder gesund werden", betete sie lautlos, „und bewahre ihn davor, daß der Sturz für ihn gesundheitliche Folgen hat!"

Hastig, als käme es ihr nicht zu, länger hier zu verweilen, verließ sie dann das Königsgemach und schloß die Tür leise hinter sich.

„Ihr Patient hat keine ernsthaften Verletzungen davongetragen, Miß Forde", bestätigte ihr Dr. Dawson wenig später, als er neben ihr die Treppe hinunterging. „Allerdings sollte man eine Kopfverletzung nicht zu leicht nehmen. Sie könnte schlimmer sein, als die Schwellung vermuten läßt, zumal der Fremde zweifellos eine schwere Gehirnerschütterung erlitten hat."

„Befürchten Sie, sein Gehirn könnte irgendeinen Schaden davongetragen haben?" fragte Mariota angstvoll.

„Das wollen wir nicht hoffen", erwiderte Dr. Dawson. „Um ganz sicherzugehen, würde ich jedoch gern die Meinung eines berühmten Kollegen in Worcester einholen, den ich ungemein schätze."

„Dann sollten wir diesen Spezialisten kommen lassen", entschied Mariota und überlegte dabei, daß der Fremde sich diese Sonderausgabe sicher leisten konnte, im Gegensatz zu ihnen, die in der Vergangenheit stets Schwierigkeiten gehabt hatten, das geringe Honorar, das Dr. Dawson ihnen berechnete, wenn einer von ihnen krank war, aufzubringen.

„Besteht die Gefahr eines Schlüsselbeinbruchs?" wollte sie noch wissen.

„Es ist nichts gebrochen", erwiderte der Doktor, „aber möglicherweise ist ein Knochen angeknackst. Jedenfalls wird er eine verstauchte Schulter und eine Schwellung am Kopf davontragen, die sich gewaschen hat."

„Sie sollten Papa über den Zustand des Verletzten unterrichten", sagte Mariota. „Er bat mich, ihm Bescheid zu sagen, wenn Sie kommen. Ich habe es in der allgemeinen Aufregung völlig vergessen."

„Ich möchte Ihren Vater so wenig wie möglich stören", entgegnete der Doktor lächelnd. „Wie kommt er mit seinem Buch voran?"

„Zur Hälfte ist es wohl fertig", erwiderte Mariota. „Es gab im Laufe der Jahrhunderte so viele Fordes, die sich mit allen möglichen Dingen beschäftigt haben, daß es vermutlich mindestens sieben Bände werden."

„Die Arbeit an der Familienchronik macht Ihren Vater glücklich", erklärte Dr. Dawson überzeugt, „und ist für ihn eine bessere Medizin als jedes Mittel, das ich ihm verschreiben kann."

Er lachte über seinen eigenen Scherz und strebte dem Arbeitszimmer des Hausherrn zu.

Mariota eilte in die Küche, um eine Flasche Sherry zu holen, die ihr Vater für Besucher aufbewahrt hatte.

Es war ein Geschenk ihres Nachbarn zu Weihnachten gewesen. Der Gutsherr hatte ihnen mehrere Flaschen des edlen spanischen Tropfens geschickt, und Lord Fordcombe hatte damals zu seinem Sohn Jeremy gesagt: „Wir müssen sie für besondere Gelegenheiten aufbewahren. Es ist mir immer ungeheuer peinlich, wenn ich Freunden, die uns besuchen, nichts anbieten kann, aber Wein zu kaufen, können wir uns nicht leisten."

„Ich muß dir leider recht geben, Papa“, hatte Jeremy seufzend erwidert. „Trotzdem hätte ich den edlen Sherry gern einmal probiert.“

„Ich auch“, gestand ihm Lord Fordcombe, „und ich muß dir gestehen, Jeremy, daß ich hin und wieder gern ein Glas Bordeaux trinken würde, und daß es mich bedrückt, zu wissen, daß unsere Weinkeller leer sind.“

Als alles verkauft werden mußte, um die Schulden des verstorbenen Lord Fordcombe zu begleichen, hatte sein Vorrat erlesener Weine eine beachtliche Summe eingebracht, den Sohn und den Enkel des Verschwenders jedoch um den Genuß edler Tropfen gebracht.

Mariota stellte die Sherrykaraffe, die nur noch halb voll war, zusammen mit den passenden Gläsern auf ein Silbertablett, das sie zum Glück vor drei Tagen poliert hatte, und begab sich damit ins Herrenzimmer.

„Ich danke dir, meine Liebe“, sagte ihr Vater aufblickend, „Sie trinken doch ein Schlückchen mit mir, Dawson?“

„Mit dem größten Vergnügen, Mylord“, erwiderte Dr. Dawson, und Mariota entfernte sich wieder, um in der Halle auf den Doktor zu warten.

„Mir ist wohl bewußt, Miß Forde, daß die Pflege Ihres unerwarteten Gastes allein auf Ihnen lasten wird“, sagte er, bevor er ging. „Trotzdem muß ich Sie leider bitten, die ganze Nacht bei ihm zu wachen, für den Fall, daß er unruhig wird oder zu sich kommt. Ihr Vater meint, tagsüber könnte sich Jakob um den Fremden kümmern.“

Mariota nickte nur. Sie wußte, daß es ihren Vater langweilen würde, im Krankenzimmer Wache zu halten, und Jakob hatte auch nicht viel Zeit dazu, weil er zu viele andere Dinge zu tun hatte.

„Ich schaffe es schon“, sagte sie. „Sicher werden seine Freunde oder Verwandten bald bei uns erscheinen, um nach ihm zu sehen.“

„Sicher werden Sie das", tröstete sie der Doktor. „Solange wir aber nicht wissen, wer er ist, können wir niemanden benachrichtigen."

Auf dem Weg zu seinem Einspänner fügte er noch hinzu: „Ich setze mich mit Dr. Mortimer in Worcester in Verbindung und sehe morgen früh als erstes nach dem Patienten. Seien Sie also unbesorgt."

„Ich will's versuchen", versprach ihm Mariota und winkte ihm nach, als er davonfuhr.

Auf dem Weg nach oben überlegte sie, daß sie es sich auf dem Liegesofa im Königsgemach bequem machen konnte, um über den Schlaf des Fremden zu wachen und vielleicht auch selbst ein wenig Ruhe zu finden.

Er wird uns eine Menge Scherereien machen, dachte sie dabei. Aber das ist ja unsere eigene Schuld.

Am nächsten Morgen verließ Jeremy sehr früh das Haus, um die Postkutsche zu erreichen, die um sechs Uhr dreißig die Wegkreuzung außerhalb des Dorfes passierte.

Zwei Tage würde die Reise nach London dauern, aber er war in so erwartungsfroher Stimmung, daß er selbst die lange Fahrt unterhaltsam finden würde.

Sein kostbares Geld hatte er sorgfältig auf sämtliche Rocktaschen verteilt und nicht in der Reisetasche verstaut.

Es geschah zuweilen, daß das Gepäck der Reisenden von Diebsgesindel durchwühlt und geplündert wurde, während die Insassen der Postkutsche in einer Poststation eine Mahlzeit zu sich nahmen.

Mariota hatte den Gesprächen, die darüber geführt wurden, entnommen, daß zudem die Gefahr bestand, daß die Reisenden nachts überfallen und ausgeraubt wurden. Sie hatte Jeremy eingeschärft, nicht aus Sparsamkeitsgründen in einem Zweierzimmer zu übernachten.

„Daran habe ich auch schon gedacht", versicherte er ihr.

„Mach dir keine Sorgen, Mariota. Ich habe so viel Angst ausgestanden, um zu diesem Geld zu kommen, daß ich nicht beabsichtige, auch nur einen Penny davon zu verschwenden."

Er hatte sie innig umarmt und ihr einen Abschiedskuß gegeben. „Du bist die wunderbarste Schwester der Welt. Ich danke dir von Herzen für all deine Liebe und dein Verständnis", hatte er gesagt. „Ich kann nur hoffen, daß der Fremde im wachen Zustand amüsanter ist als gegenwärtig!"

Mariota lächelte vor sich hin, als sie an seine Worte dachte. Solange sie denken konnte, hatte er es immer wieder geschafft, sie zu amüsieren und dazu zu bringen, daß sie Nachsicht mit ihm übte und ihm all seine kleinen Sünden verzieh.

Weil sie viel allein war und die Hausarbeiten sie nicht ausfüllten, hatte sie sich oft Geschichten ausgedacht, die so spannend und unterhaltsam waren, daß sie sich vornahm, sie irgendwann einmal niederzuschreiben.

Vielleicht kann ich sie sogar einem Verlag verkaufen und Geld dafür einnehmen, dachte sie.

Doch es lastete so viel Arbeit auf ihr, um den Haushalt und außerdem die Garderobe ihres Vaters und ihres Bruders einigermaßen in Ordnung zu halten, daß es bei dem Vorsatz geblieben war.

Der bewußtlose Fremde in ihrem Haus regte ebenfalls ihre lebhafte Phantasie an und inspirierte sie zu neuen, aufregenden Abenteuergeschichten.

Sie brauchte nur einen Blick auf ihn zu werfen, bevor sie die Kerzen löschte und nur ein kleines Notlicht aufstellte, das ihr in der Nacht den Weg weisen würde, sollte der Mann zu sich kommen, um sich in eine erregende Phantasiewelt zu versetzen.

Das kam vermutlich daher, daß er ganz anders aussah als alle Männer, die sie bisher kennengelernt hatte.

Er war nicht so stattlich wie ihr Vater oder so gutaussehend und anziehend wie Jeremy, aber sie hätte ihn sich als General vorstellen können, der seine Truppen in die Schlacht und zum Sieg über einen übermächtigen Feind führte. Sie sah ihn als Forscher, der die höchsten Gipfel des Himalaya erklomm, oder als Entdecker einer riesigen Diamantenmine, die unzähligen armen Leuten Wohlstand brachte.

Wie Marco Polo oder Christoph Columbus entdeckte er neue Welten, oder stieg wie ein griechischer Gott vom Olymp, um denjenigen, die in der Finsternis lebten, Erleuchtung zu bringen.

Sie sah ihn in so vielen verschiedenen und bedeutsamen Rollen, daß sie zu Tode erschrak, als sie in der zweiten Nacht, in der sie bei ihm Wache hielt, einen Laut vom Bett her vernahm, der neu war.

Hastig warf sie ihre Decke zurück und zündete eine Kerze in Reichweite ihres Lagers an, um dann festzustellen, daß ihr Patient unruhig geworden war und aus seiner Bewußtlosigkeit zu erwachen schien.

Er warf sich von einer Seite auf die andere und murmelte unverständliche Worte.

Sie erkannte, daß sich das Fieber, das Dr. Mortimer vorausgesagt hatte, einzustellen begann, und er bald wieder zu sich kommen würde.

„Die meisten Patienten mit Gehirnerschütterungen reden einen Haufen dummes Zeug, werden extrem unruhig und schlagen manchmal sogar um sich, bevor sie wieder normal werden“, hatte er prophezeit und beruhigend hinzugefügt: „Ängstigen Sie sich nicht, Miß Forde, wenn das eintritt. Es ist völlig normal. Sollte er sich zu sehr aufregen, lasse ich Ihnen ein Beruhigungsmittel da, das ihm zu einem heilsamen Schlaf verhelfen wird.“

Aufmerksam hatte Mariota den Ausführungen des Arztes gelauscht und Jakob entsprechend unterrichtet, obwohl sie nicht den Eindruck hatte, daß der alte Diener alles verstanden hatte.

Jetzt trat sie ans Bett des Kranken und legte ihm die Hand auf die Stirn. Wie sie erwartet hatte, fühlte sich sein Kopf sehr heiß, beinahe glühend an.

Ihre Berührung brachte ihn dazu, die Augen zu öffnen und sie im Licht der Kerze blicklos anzustarren.

„Wo . . . wo bin ich? Was . . . was ist passiert?“ murmelte er so leise, daß sie ihn kaum verstehen konnte.

„Es ist alles in Ordnung“, versuchte Mariota ihn zu beruhigen. „Sie hatten einen Unfall, sind aber bei uns in Sicherheit.“

„Mir ist . . . entsetzlich heiß.“

„Ich weiß. Da ist ein kühles Getränk. Es wird Ihnen guttun!“

Sie schenkte ihm ein Glas kühle Limonade ein, die sie am Abend selbst zubereitet hatte.

Mit einem Arm stützte sie seinen Kopf, und mit der anderen Hand hielt sie ihm das Glas an die Lippen, das er in gierigen Schlucken leerte.

„Und jetzt versuchen Sie, wieder zu schlafen“, redete Mariota ihm gut zu, „dann werden Sie sich bald wieder besser fühlen.“

Zunächst schien er sich ihrer Bitte widersetzen zu wollen, doch dann spürte er wohl, daß es ihn zu sehr anstrengen würde. Er schloß müde die Augen und schlief wieder ein.

Mariota strich seine Bettdecke glatt und ging zu ihrem Sofa zurück. Die Kerze ließ sie brennen für den Fall, daß er wieder wach wurde, und betrachtete die dunkle Silhouette seines Kopfes auf dem Kissen.

Es berührte sie eigenartig, daß er blaue Augen hatte. Irgendwie hatte sie erwartet, daß sie grau sein würden wie ihre eigenen, ohne recht zu wissen, warum sie das angenommen hatte. Jedenfalls hatte sie feststellen müssen, daß seine Augen tiefblau waren wie das Meer bei Sturm.

Das dunkle Haar wirkte dazu nicht nur ungewöhnlich, sondern ungemein reizvoll.

Ich wüßte zu gern, wer er ist, dachte sie, bevor sie, von Müdigkeit übermannt, die Augen schloß.

Ihre Neugier wurde am folgenden Tag befriedigt. Sie hatte gerade zusammen mit Mrs. Brindle das Frühstücksgeschirr abgewaschen und war im Begriff, Jakob abzulösen, der sich bei dem Patienten befand, als vor dem Haus eine Kutsche vorfuhr.

Rasch strich Mariota sich mit beiden Händen glättend über das

Haar, streifte die Ärmel ihres Baumwollkleides herunter und knöpfte sie an den Bündchen zu.

Als die Türglocke lärmend anschlug, ging sie langsam und, wie sie hoffte, würdevoll durch die Halle zur Tür.

Ein Lakai in der gleichen Livree wie der junge Bursche, den sie mit der Pistole in Schach gehalten hatte, begehrte Einlaß.

„Verzeihung, Madam“, sagte er höflich, „man sagte mir, Graf Buckingham halte sich möglicherweise in Ihrem Hause auf.“

„Graf Buckingham?“ wiederholte Mariota erstaunt.

„Im Dorf erzählt man sich, ein Gentleman sei von Mr. Jeremy Forde auf der Straße gefunden und hierher gebracht worden.“

„Ja, das ist wahr“, erwiderte Mariota zurückhaltend.

Daraufhin rannte der Lakai die Stufen vor der Tür hinunter und öffnete den Wagenschlag.

Er wechselte einige Worte mit dem Insassen, dann stieg eine Dame aus, die Mariota sofort wiedererkannte. Es war die Frau, die Jeremy ihrer Handtasche beraubt hatte.

Sie war ganz in Schwarz gekleidet, und als sie näher kam, stellte Mariota fest, daß sie sehr schön, aber nicht mehr ganz jung war.

„Mein Diener teilte mir mit, daß mein Bruder, Graf Buckingham, sich möglicherweise hier aufhält“, sagte sie mit leiser, melodischer Stimme.

„Wir wußten nicht, wer Ihr Bruder war“, erwiderte Mariota. „Wir haben ihn verletzt auf der Straße gefunden.“

„Verletzt?“ rief die Dame angstvoll aus. „Wurde auf ihn geschossen?“

Da Mariota eine ähnliche Frage erwartet hatte, hob sie in gespieltem Erstaunen die Augenbrauen und fragte erschrocken: „Wie kommen Sie denn darauf, daß man auf ihn geschossen haben könnte?“

„Weil ich von einem Wegelagerer überfallen und ausgeraubt wurde, und als mein Kutscher gezwungen wurde, weiterzufahren, in der Ferne einen Schuß hörte. Leider war ich außerstande, mich an Ort und Stelle zu vergewissern, was geschehen war.“

Ihrer Darstellung entnahm Mariota, daß die Diener in Panik geraten waren und ihre Herrin so schnell wie möglich vom Überfallort weggebracht hatten. So hatte die Dame den Schuß erst mit ihrem Bruder in Zusammenhang gebracht, als er nicht am Ziel eintraf.

„Wie entsetzlich für Sie!" sagte Mariota voller Mitgefühl. „Aber treten Sie doch bitte näher. Sicher wollen Sie Ihren Bruder sehen, der leider noch nicht wieder bei vollem Bewußtsein ist."

„Ist er schwer verletzt?"

„Nein, ich glaube nicht. Zwei Ärzte haben ihn bereits untersucht und eine Gehirnerschütterung festgestellt, die er sich bei dem Sturz . . ."

„Er ist also gestürzt?" unterbrach sie die Dame. „Dann hat man also doch auf ihn geschossen!"

„Ich weiß nicht genau, was passiert ist", erwiderte Mariota. „Wie mein Bruder mir berichtete, ist Ihr Bruder vom Pferd gefallen und hat sich den Kopf auf einem Stein aufgeschlagen. Er hat eine böse Schwellung an der Schläfe, die sehr schmerzhaft sein muß."

„Das ist mir unbegreiflich", sagte sie. „Mein Bruder ist ein exzellenter Reiter und noch nie im Leben ohne fremde Einwirkung vom Pferd gefallen." Grüblerisch und versonnen ruhte der Blick ihrer großen Augen auf Mariota.

„Es ist sehr schwierig, sich einen Reim darauf zu machen", erwiderte Mariota. „Da Sie jedoch von Wegelagerern sprachen, die sich in der Nähe des Unfallortes aufgehalten haben, könnten sie vielleicht auf sein Pferd gezielt und es verfehlt haben."

„Sein Pferd wurde eingefangen?"

„Es befindet sich in unserem Stall und ist unverletzt."

„Freut mich, das zu hören", sagte die Dame aufatmend.

„Würden Sie mir bitte nach oben folgen?" bat Mariota die Besucherin.

„Ja, natürlich gern. Sie müssen verstehen, daß ich mir schreckliche Sorgen um ihn gemacht habe. Das Schlimme war, daß weder ich noch die beiden Dienstboten, die mich begleiteten, hinterher genau angeben konnten, wo der Überfall stattgefunden hatte."

Sie seufzte und fuhr dann fort: „Bisher haben wir jedenfalls an den falschen Orten nach Spuren gesucht. Erst gestern abend erfuhr ein Diener, der in Ihrem Dorf Nachforschungen anstellte, daß man einen verletzten Mann in Ihr Haus gebracht hatte."

„Wir haben uns um Ihren Bruder gekümmert", sagte Mariota beruhigend. „Außer unserem Hausarzt wurde noch ein Spezialist aus Worcester mit seiner Untersuchung betraut. Beide stellten fest, daß außer einer Gehirnerschütterung keine ernsthafte Verletzung festzustellen sei."

„Und Ihre Dienstboten haben ihn gepflegt?" fragte die Dame. „Wie außerordentlich freundlich von ihnen. Sie müssen mir erlauben, mich ihnen erkenntlich zu zeigen."

„Da wir sehr knapp an Personal sind", erklärte Mariota mit verlegenem Lächeln, „habe ich die Pflege persönlich übernommen. Mein Vater und unser alter Diener haben ihn gewaschen und rasiert."

„Ist Lord Fordcombe Ihr Vater?"

„Ja."

„Und Sie tragen seinen Namen?"

„Ich heiße Mariota Forde."

„Und ich bin Noreen Coddington. Mein Mann, Lord Coddington, ist im Krieg gefallen, und Sie können sich vorstellen, wie sehr ich deshalb an meinem Bruder hänge und wieviel er mir bedeutet."

„Und ob ich Sie verstehe", erwiderte Mariota. „Ich habe selbst einen Bruder, der mir sehr nahesteht."

Vielleicht hätte sie es besser unterlassen, Jeremy zu erwähnen, aber da er in Sicherheit war, hatte das wenig Bedeutung.

Während sie den Flur entlang zum Königsgemach gingen, warf Mariota einen verstohlenen Blick auf Lady Coddington, die ein sanftes, gütiges Gesicht hatte und nicht den Eindruck erweckte, zu jenen Menschen zu gehören, die gnadenlos darauf bestanden,

Räuber, auch wenn sie ihnen kein Leid zugefügt hatten, an den Galgen zu bringen.

Der alte Jakob erhob sich hastig von seinem Sessel am Fenster, als sie das Krankenzimmer betraten.

„Der fremde Herr ist wach, Miß Mariota", sagte er. „Aber er ist sehr still."

„Danke, Jakob. Ich kümmere mich jetzt um ihn."

Offensichtlich froh darüber, seiner Aufgabe entbunden zu sein, schlurfte er aus dem Zimmer.

Lady Coddington trat an das Bett und blickte besorgt auf ihren Bruder.

„Ich bin's, Alvic", sagte sie mit ihrer melodischen Stimme. „Und ich bin heilfroh, dich endlich gefunden zu haben. Wie geht es dir? Hast du Schmerzen?"

„Ein wenig", erwiderte der Graf langsam, als bereite ihm das Sprechen große Mühe. „Ich . . . ich erinnere mich nicht, was . . . was passiert ist."

„Sobald es dir bessergeht, erzähle ich es dir", versprach ihm seine Schwester. „Ruh dich jetzt aus und schlaf. Du brauchst dir um nichts Sorgen zu machen."

„Ich . . . ich bin sehr müde."

Erschöpft schloß er die Augen, und Lady Coddington folgte Mariota auf den Gang hinaus, um den Kranken nicht zu stören und ungehindert sprechen zu können.

„Es ist eine ziemlich üble Beule", stellte sie fest.

„Ich weiß", gab Mariota zurück. „Auch an der Schulter hat es ihn ziemlich schlimm erwischt."

„Er lebt – das allein zählt. Diese üblen Burschen haben ihn nicht erschossen, obwohl sie dazu Gelegenheit hatten."

„Er hatte keine weiteren Verletzungen", beeilte sich Mariota zu versichern.

Sie schwiegen eine Weile, dann ließ Lady Coddington sich erneut vernehmen: „Glauben Sie, es wäre möglich, daß ich mit Ihrem Vater spreche? Ich möchte mich auch bei ihm dafür bedanken, daß Sie meinen Bruder bei sich aufgenommen haben, und werde gleich nach meiner Rückkehr nach Madresfield den Kammerdiener meines Bruders zu Ihnen schicken, damit er die Pflege übernimmt."

„Sicher wird es Seine Lordschaft sehr begrüßen, seinen Kammerdiener um sich zu haben", pflichtete Mariota ihr bei.

„Es war außerordentlich freundlich von Ihnen, ihn zu pflegen", sagte Lady Coddington. „Hicks ist ein ausgezeichneter Krankenpfleger. Er ist seit der Zeit bei der Armee mit meinem Bruder zusammen und wird Ihnen in keiner Weise zur Last fallen."

Ihren Worten entnahm Mariota, daß sie sehr wohl gemerkt hatte, wie wenig Dienstboten Queens Ford aufzuweisen hatte. Natürlich war ihr auch nicht entgangen, daß die Teppiche abgenutzt und die Vorhänge verblaßt waren und daß alles im Haus von Armut und Verfall zeugte.

Doch auf dem Weg zum Arbeitszimmer ihres Vaters besann sich Mariota auf ihren Stolz, der ihr sagte, daß niemand das Recht hatte, die Nase über sie zu rümpfen.

Sie hatten ihr Bestes getan, und wenn das für den Grafen Bukkingham nicht gut genug war, konnten sie ihn ja anderswo unterbringen.

Sie öffnete die Tür zum Herrenzimmer. Ungehalten über die Störung blickte Lord Fordcombe von seiner Arbeit auf.

„Lady Coddington hat uns aufgesucht, Papa, um unseren verletzten Gast als ihren Bruder zu identifizieren", beeilte sich Mariota zu erklären. „Es ist Graf Buckingham, und die Lady wollte dich gern kennenlernen."

„Es war mir ein Herzensbedürfnis", bekräftigte Lady Coddington und ging mit ausgestreckter Hand auf den Hausherrn zu. „Vielen, vielen Dank, Lord Fordcombe, für die Liebenswürdigkeit, meinen Bruder bei sich aufzunehmen. Dafür kann ich Ihnen nicht genug danken."

„Ich bin froh, daß mein Sohn ihn gefunden hat", erwiderte Lord Fordcombe. „Es hätte übel für ihn ausgehen können, hätte er die ganze Nacht auf der staubigen Landstraße zubringen müssen. Glücklicherweise wurde er hierhergebracht und, so glaube ich, sehr gut von meiner Tochter gepflegt."

„Sie waren alle so freundlich zu ihm", sagte Lady Coddington. „Es tut mir schrecklich leid, daß Ihre Gastfreundschaft derart von uns strapaziert wurde."

Mariota sah ihren Vater lächeln und fand, daß ihm das gut zu Gesicht stand. Offensichtlich gefiel ihm die Art, wie Lady Coddington sich bei ihm bedankte.

„Darf ich Ihnen ein Glas Sherry anbieten?" fragte er höflich und griff dabei schon nach der Karaffe.

„Das wäre sehr nett", erwiderte Lady Coddington.

Mariota verließ rasch das Zimmer, um die Karaffe zu holen. Heute morgen hatte ihr Vater nicht nur Dr. Dawson ein Glas angeboten, sondern auch Dr. Mortimer, so daß nur noch ein kleiner Rest in der Karaffe war. Mariota überlegte, ob sie in den Keller gehen und eine neue Flasche holen sollte, entschied sich aber dann dagegen, weil es zu lange dauern würde.

Statt dessen brachte sie den Rest Sherry auf einem Tablett ins Arbeitszimmer und traf ihren Vater und Lady Coddington in ein angeregtes Gespräch über die Arbeit ihres Vaters vertieft.

„Jetzt erinnere ich mich", sagte Lady Coddington gerade. „Ich habe den Namen ‚Queens Ford' schon einmal gehört und fand ihn hübsch. Natürlich habe ich auch in Geschichtsbüchern über Ihre Familie gelesen. Sie können sehr stolz auf Ihre Ahnen sein."

„Ich bin sehr stolz auf ihre Verdienste als Soldaten, Seefahrer und Politiker", erwiderte Lord Fordcombe trocken, „nur wünschte ich manchmal, ihr Dienst am Vaterland hätte sich nicht als so teuer erwiesen. Die heutige Generation kam mittellos auf die Welt und wird sie so auch wieder verlassen."

Lady Coddington lachte ein wenig schuldbewußt. „Bei mir erzeugt das ein schlechtes Gewissen, denn die Verwandtschaft meines Mannes, die Coddingtons, taten genau das Gegenteil. Sie gehören nicht einer so alten Familie an wie Sie, haben es aber immer irgendwie verstanden, Machtpositionen zu beziehen und zu ihrem Vorteil zu nutzen."

„Dann waren sie mehr vom Glück begünstigt als wir", stellte Lord Fordcombe amüsiert fest.

Um zu erfahren, wie der Graf auf den Besuch seiner Schwester reagierte, begab sich Mariota in sein Zimmer und ließ ihren Vater mit seiner charmanten Besucherin allein. Die beiden waren so in ihr Gespräch vertieft, daß sie gar nicht bemerkten, wie Mariota den Raum verließ.

Wie sie insgeheim erwartet hatte, lag der Graf mit offenen Augen auf seinem Lager und fragte, als sie nähertrat. „War . . . Noreen gerade bei mir?"

„Ja, Ihre Schwester hat Sie besucht. Sie hat überall nach Ihnen gesucht und Sie schließlich bei uns gefunden", erklärte ihm Mariota.

„Und . . wer sind Sie?"

„Mein Name ist Mariota Forde."

„Mariota – den Namen habe ich noch nie gehört."

„Sie müssen jetzt wieder schlafen", sagte Mariota sanft, „und schnell gesund werden. Ihre Schwester wünscht sich, daß Sie rasch wieder auf die Beine kommen."

Der Graf antwortete nicht, aber sie spürte, wie er sie beobachtete, als sie das Zimmer aufräumte und prüfend den Krug mit Limonade hochhielt. Er war fast leer.

„Möchten Sie noch einen Schluck trinken?" fragte sie. „Heute abend können Sie sicher einen Happen essen."

„Ich . . . bin nicht hungrig, aber ich habe großen Durst."

Mariota leerte den Rest Limonade ins Glas und stellte fest, daß der Honig, mit dem sie das Getränk gesüßt hatte, sich auf dem Boden des Kruges abgesetzt hatte.

Falls der Graf das Getränk zu sauer fand, ließ er sich nichts anmerken. Er trank das Glas gehorsam leer und ließ sich dann in die Kissen zurücksinken.

„Ich verlasse Sie jetzt eine Weile, um mich von Ihrer Schwester zu verabschieden", sagte Mariota. „Sind Sie sicher, daß Sie keinen Wunsch haben?"

„Kommen Sie . . . bald zurück?"

„Das verspreche ich Ihnen. Ich kümmere mich um Sie, bis Ihr Kammerdiener morgen ankommt."

Wieder antwortete er nicht, und sie war nicht sicher, ob er sie verstanden hatte. Als sie jedoch an der Tür angelangt war und sich noch einmal nach ihm umdrehte, bemerkte sie, daß er sie nicht aus den Augen gelassen hatte, so als fürchte er, allein zu sein.

„Es dauert nicht lange", versprach sie ihm und hatte das Gefühl, daß er genau das hatte hören wollen.

3

Hicks öffnete die Schlafzimmertür, und Mariota trat mit einer mit frischen Blumen gefüllten Vase ein.

„Ich dachte, er freut sich vielleicht darüber", sagte sie und stellte sie auf den Tisch, damit der Graf sie vom Bett aus sehen konnte.

„Ich habe dringend eine Aufmunterung nötig", ließ er sich in seiner trockenen Art vernehmen, an die sie sich mittlerweile gewöhnt hatte.

Fragend sah sie ihn an, und er fuhr fort: „Sie vernachlässigen mich. Den ganzen Morgen haben Sie sich noch nicht blicken lassen."

„Tut mir leid", sagte Mariota bedauernd, „aber da Sie Ihren Kammerdiener bei sich haben, glaubte ich, Sie brauchen mich nicht mehr."

„Hicks mag ja enorm tüchtig sein", erwiderte der Graf, „aber als Gesprächspartner taugt er nichts."

Der Kammerdiener hatte den Raum sofort nach Mariotas Erscheinen verlassen, und sie trat an das Bett des Kranken.

Sie fand, daß er bereits viel besser aussah. Die Verletzung an seiner Stirn war fast schwarz und verlieh ihm ein verwegenes Aussehen. Seine Wangen hatten Farbe bekommen. Mit dem aus der breiten Stirn gebürsteten Haar sah er völlig verändert aus und hatte kaum noch Ähnlichkeit mit dem Mann, der bewußtlos vor ihr im Staub der Straße gelegen hatte.

Sie bemerkte, daß sein Nachtgewand aus reiner Seide war und viel eleganter wirkte als das ihres Vaters, das er vorher getragen hatte.

Es war vorn mit Rüschen verziert, die sich wie eine Krawatte ausnahmen. Er selbst wirkte sehr selbstsicher, wie er da mit den Kissen im Rücken in seinem Bett saß und mit befehlsgewohnter Stimme mit ihr sprach.

„Heute nachmittag", erzählte sie ihm, „kommt Ihre Schwester erneut zu Besuch, und Papa wird ihr den älteren Teil des Hauses zeigen, den wir abgeschlossen haben."

„Warum?" fragte der Graf.

„Das dürfte doch offensichtlich sein", erwiderte Mariota. „Wir können es uns nicht leisten, ihn zu benutzen, weil er saubergehalten werden müßte, und da es außer mir und dem alten Jakob niemanden gibt, der diese Arbeiten verrichtet, wären wir einfach überfordert."

Sie sagte das leichthin, als ginge es ihr nur darum, den Grafen zu unterhalten, konnte aber nicht verhindern, daß sich zwischen seinen Augen eine steile Falte bildete.

„Sind Sie so arm?" fragte er dann.

„Ärmer als eine Kirchenmaus", gab Mariota lächelnd zurück.

Es entstand eine Pause. Dann sagte der Graf: „Mir wird jetzt erst in vollem Ausmaß bewußt, welch große Belastung ich für Ihren Haushalt bin. Da die Ärzte mir jedoch nicht erlauben wollen, mich ins Haus meines Gastgebers transportieren zu lassen, müssen Sie mir sagen, wie ich Sie entlasten kann."

Dr. Dawson hatte strikte Anweisung erteilt, daß der Graf das Bett nicht verlassen dürfe, bis die Schulterverletzung ausgeheilt war und die Kopfschmerzen, die ihn häufig plagten, nachließen.

„Wir sind froh, daß wir Ihnen mit unseren bescheidenen Mitteln helfen können", versicherte Mariota ihm hastig. „Hören Sie nicht auf Lynne!"

Der Graf lächelte. Lynne war ihm gegenüber sehr offen gewesen, als sie die Erlaubnis erhalten hatte, ihn zu besuchen.

„Ihnen verdanken wir das erste aufregende Erlebnis in diesem Haus, seit die letzte bedeutende Persönlichkeit diesen Raum bewohnt hat", hatte sie ihm versichert.

Fragend hatte er die Brauen gehoben, und sie hatte hinzugefügt: „Das war Charles II., und wenn ich es mir recht überlege, sind Sie ihm sogar ähnlich."

„Vielen Dank", hatte der Graf trocken erwidert.

„Papa hat den Festen und fröhlichen Zusammenkünften in Queens Ford zur damaligen Zeit ein ganzes Kapitel seines Buches gewidmet", plauderte Lynne unbefangen weiter. „Leider besteht unser einziges Festmahl heutzutage nur aus Kaninchen und nichts als Kaninchen!"

Als sie sein erstauntes Gesicht bemerkte, fügte sie erklärend hinzu: „Es ist das einzige kostenlose Fleisch, das zu dieser Jahreszeit zu haben ist, und Jeremy hat oft gesagt, wenn er weiter nichts als Kaninchenfleisch zu essen bekäme, würde ihm bestimmt bald ein buschiger Schwanz wachsen."

„Eine sehr traurige Geschichte", fand der Graf.

„Für uns ist sie mächtig traurig", bekräftigte Lynne. „Bei Ihnen in Ihrem Herrenhaus in Oxfordshire gibt es bestimmt die erlesensten Speisen, die man sich vorstellen kann."

„Wer hat dir denn von meinem Haus erzählt?" wollte der Graf wissen.

„Elaine, das ist das Mädchen, an dessen Unterrichtsstunden ich teilnehmen darf", antwortete Lynne unbefangen. „Sie hat mir gesagt, wie bedeutend Sie sind und daß Sie ein Luxusleben führen, als gehörten Sie zur königlichen Familie, und daß alle schönen Damen, die noch nicht verheiratet sind, hinter Ihnen her sind."

Der Graf brachte es nicht fertig, mit Unmut zu reagieren. Statt dessen stellte er lächelnd fest: „Mein Ruf ist mir also schon vorausgeeilt."

„Selbst hierher, wo man, wie mein Bruder Jeremy es auszudrücken beliebt, ‚lebendig begraben' ist und sich ‚am Ende der Welt' befindet, weil wir keine anständigen Pferde haben, um dieser Einöde zu entfliehen."

„Du läßt dich sehr wortreich über das Thema aus", sagte der Graf scherzend.

„Da wir uns immer nur von Kaninchen ernähren, ist unser Gehirn vielleicht entsprechend zusammengeschrumpft", gab Lynne schlagfertig zurück.

Mariota, die in diesem Augenblick ins Zimmer trat, bekam ihre Worte gerade noch mit.

„Du sollst Seine Lordschaft nicht mit deinem Geschwätz ermüden", sagte sie scharf. „Deine Probleme interessieren ihn überhaupt nicht."

„Ich dachte, er möchte gern erfahren, wie die Armen und Bedürftigen leben", erwiderte Lynne.

„Das bezweifle ich", sagte Mariota. „Wie wär's, Kleines, wenn du das Wohnzimmer aufräumtest, bevor Lady Coddington kommt? Du hast deinen ganzen Kram auf dem Sofa liegen lassen."

„So wird man lästige kleine Schwestern auf elegante Weise los! Da Mariota Sie für sich allein beansprucht, werde ich mich dünnmachen."

Sie lächelte dem Grafen spitzbübisch zu und huschte aus dem Zimmer, bevor Mariota sie rügen konnte.

„Tut mir leid, daß Lynne Sie mit unseren Problemen gelangweilt hat", sagte Mariota zum Grafen, als ihre Schwester gegangen war.

„Ich habe mich nicht im geringsten gelangweilt", gab der Graf in schärferem Ton zurück, als er beabsichtigt hatte. „Es ist mir vielmehr schrecklich peinlich, mich Ihnen aufgedrängt und auch noch Hicks ins Haus geholt zu haben, ohne an die Mehrbelastung für Sie zu denken."

Da sie das unbehagliche Gefühl hatte, daß er ihr Geld anbieten wollte, nahm sie eine abwehrende Haltung an.

Als habe er ihre Befürchtungen erraten, sagte er: „Mir ist durchaus bewußt, daß eine Familie mit einer glorreichen Geschichte wie der Ihren, Miß Forde, sehr stolz ist, andererseits . . ."

„. . . andererseits hatte ich die Hoffnung, Eure Lordschaft sind mit dem, was wir bieten konnten, zufrieden", unterbrach ihn Mariota steif. „Sagten Sie nicht, das Hühnchen habe Ihnen vorzüglich gemundet?"

„Hat es auch", erwiderte der Graf mit Nachdruck, „aber wenn ich jetzt darüber nachdenke, fürchte ich, es war eine große Belastung für Ihren Haushalt."

Was hätte er wohl gesagt, überlegte Mariota, wenn er gewußt hätte, daß sie die Extraausgaben mit seinem eigenen Geld bestritt, das Jeremy ihm aus der Tasche genommen hatte?

„Deshalb habe ich meine Schwester gebeten, Ihnen heute nachmittag einige Früchte aus dem weit und breit berühmten Gewächshaus des Herzogs mitzubringen", fuhr der Graf fort. „Wir sollten praktisch denken und ab morgen Speisen bringen lassen, die nicht nur meiner Kräftigung dienen, sondern auch der Ihren."

Sie wußte nicht, was sie darauf erwidern sollte, und wandte sich dem Fenster zu, das den Blick auf den hoffnungslos verwilderten Garten freigab.

Im Sonnenlicht fand sie ihn sehr schön, aber Fremden mußte er ungepflegt und verwahrlost vorkommen.

Ein Gefühl des Stolzes überkam sie, das sie noch nie zuvor so stark gespürt hatte. Der Vorschlag des Grafen, sich seine eigenen Speisen kommen zu lassen, verletzte sie zutiefst. Selbst wenn sie alle Not leiden mußten, sobald er fort war, betrachtete sie ihre Sorge um ihn als eine Art Wiedergutmachung für das, was sie und Jeremy ihm in der Maske der Wegelagerer angetan hatten. Nicht zuletzt deshalb war sie fest entschlossen, ihn weiter mit guten Mahlzeiten zu verwöhnen.

„Kommen Sie her zu mir", bat sie der Graf. „Ich möchte mit Ihnen reden, ohne unnötig meine Stimme zu strapazieren."

Er erteilte seinen Mitmenschen Befehle, die sie zu befolgen hatten. Mariota widerstrebte das. Andererseits sagte sie sich, daß sie wegen seiner Krankheit Rücksicht nehmen mußte und besser seinem Wunsch Folge leistete.

Langsam und zögernd kehrte sie an sein Bett zurück.

„Mir ist sehr wohl bewußt", fuhr der Graf fort, „daß Ihr Bruder mich davor bewahrt hat, die ganze Nacht auf der Straße liegen zu bleiben und mir möglicherweise eine Lungenentzündung zu holen. Sie haben mich persönlich gepflegt, obwohl das für Sie eine ungeheure Belastung bedeutete. Versetzen Sie sich doch einmal in meine Lage. Würden Sie an meiner Stelle nicht auch den Wunsch verspüren, sich auf irgendeine Weise erkenntlich zu zeigen?"

Darauf wußte Mariota keine Antwort.

„Hicks hat mir berichtet, daß Sie die meiste Arbeit, die im Haus anfällt, selbst verrichten", hörte sie ihn sagen. „Auch die meisten Mahlzeiten, die mir serviert wurden, haben Sie selbst gekocht. Macht es Ihnen eigentlich Spaß, in Ihrem eigenen Haus nicht viel mehr zu sein als Ihr eigenes Dienstmädchen?"

„Damit war ich bisher immer sehr zufrieden", gab Mariota ungehalten zurück.

„Unsinn!" Immer wenn der Graf verärgert war, klang seine Stimme scharf. „Ich brauche Ihnen doch nicht zu sagen, daß Sie in der Londoner Gesellschaft Aufsehen erregen würden, und daß Ihre Schwester Lynne in einem Jahr die Sensation von St. James wäre, oder?"

Mariota entfuhr ein kleiner Seufzer. „Wunschträume pflegen selten in Erfüllung zu gehen, Mylord. Deshalb bemühen wir uns, das Leben so zu nehmen, wie es ist, und das Beste daraus zu machen." Sie hielt inne und fügte dann hinzu: „Ich hoffe, Sie ermutigen Lynne nicht, mit ihrem Leben unzufrieden zu sein und sich nach Vergnügungen und einem Luxusdasein zu sehnen."

„Ziehen Sie ernsthaft in Erwägung, daß Sie und Lynne ewig hier leben werden, wo die einzige Abwechslung ein vom Pferd gefallener Reiter sein kann?"

Der geringschätzige Ton des Grafen reizte Mariota, ihm zu erwidern, daß es bei ihnen durchaus Augenblicke ausgelassener Fröhlichkeit gäbe, oder daß gleich um die Ecke ein Vermögen auf sie wartete.

Da er sie gekränkt hatte, gerade weil er einen wunden Punkt berührt hatte, sagte sie: „Wenn Euer Lordschaft der Aufenthalt in Queens Ford so unangenehm ist, dann werden die Ärzte gewiß in wenigen Tagen gestatten, daß Sie in eine angemessenere Umgebung gebracht werden. Dann bleibt Ihnen unser Anblick erspart, und Sie brauchen sich über uns nicht mehr den Kopf zu zerbrechen."

Statt einer ironischen Erwiderung, auf die sie gefaßt war, sagte er in völlig verändertem Ton: „Kommen Sie zu mir, Mariota."

Es war das erste Mal, daß er sie mit dem Vornamen ansprach, aber sie verwahrte sich nicht dagegen, blieb jedoch regungslos stehen.

Bittend streckte er die Hand nach ihr aus. „Kommen Sie her. Ich möchte Ihnen etwas sagen."

Sie trat langsam näher und legte, wie unter einem inneren Zwang, ihre Hand in die seine.

Als seine Finger ihre Hand umschlossen, bemerkte er, daß sie kalt war. Die Berührung ihrer Handflächen löste ein Gefühl in ihr aus, dem sie sich nicht verschließen konnte.

Mit seinen blauen Augen blickte er sie unverwandt an.

„Ich habe Sie verletzt, Mariota. Das wollte ich nicht. Verzeihen Sie mir."

Noch nie hatte er diesen sanften Ton ihr gegenüber angeschlagen. Er machte sie verlegen, zumal er noch immer ihre Hand festhielt. Gleichzeitig tat ihr seine gütige Art wohl und wärmte ihr das Herz.

„Ich möchte Ihnen helfen", sagte der Graf. „Selbst wenn Sie das für sich ablehnen, weil Ihr Stolz es Ihnen verbietet, sollten Sie an Ihren Vater, Ihre reizende Schwester und Ihren Bruder denken, den kennenzulernen ich noch nicht die Ehre hatte."

„Ich denke . . . immer an sie", entgegnete Mariota.

„Das weiß ich ja, und ich habe auch erkannt, daß die größte Last Ihrer Familie auf Ihren Schultern ruht. So kann es doch nicht ewig weitergehen!"

„Vielleicht . . . geschieht eines Tages etwas, das alles ändert."

„Was könnte das sein?"

Da er tatsächlich an ihrem Schicksal interessiert schien und echte Anteilnahme verriet, zögerte Mariota nicht mit der Antwort: „Ich denke mir manchmal Geschichten aus, daß wir eines Tages einen Schatz finden werden, der irgendwo auf unserem Land vergraben ist, oder daß sich Papas Familienchronik gut verkauft, oder daß mir eine gute Fee erscheint, die mir drei Wünsche erfüllen will."

Sie blickte verträumt vor sich hin und spürte nicht, daß der Graf ihr unverwandt in die Augen sah und daß seine Finger ihre Hand fester umschlossen.

„Wie würden Ihre drei Wünsche lauten?"

„Daß wir unser Haus restaurieren und in seiner alten Pracht erstrahlen lassen können, daß Jeremy ein so edles Reitpferd bekommt wie Ihren Hengst, und daß Lynne in die Londoner Gesellschaft eingeführt wird."

„Und was wünschen Sie sich für sich selbst?" fragte der Graf.

„Ich wäre glücklich, wenn sich diese drei Wünsche erfüllten."

„Das ist offenbar ehrlich gemeint", stellte er fest. „Wünschen Sie sich denn nicht, einen geliebten Menschen zu finden, der Sie verehrt und dem Sie all Ihre Liebe schenken können? Das wünscht sich doch jede Frau."

„Das . . . nehme ich an", erwiderte Mariota versonnen. Dabei sah sie ihn nicht an, sondern war in Gedanken in ihrer Traumwelt, in der sie allein weilte und sich Geschichten ausdachte.

„Waren Sie noch nie verliebt?" hörte sie den Grafen fragen.

„Nur in meinen Träumen."

„Und wie sieht Ihr Traummann aus?"

„Groß, dunkelhaarig, sehr schön. Er ist ein hervorragender Reiter und eine starke Persönlichkeit, gleichzeitig rücksichtsvoll, hilfsbereit bedürftigen Menschen gegenüber und sehr verständnisvoll."

Wieder klang ihre Stimme nachdenklich, aber die Schilderung

kam ihr so glatt über die Lippen, als existiere dieses Traumbild schon seit langem in ihrer Vorstellung.

Wieder sah sie ihren Helden höchste Gipfel erklimmen, die Welt erforschen oder, das war ihre Lieblingsgeschichte, mit dem eigenen edlen Pferd ein berühmtes Rennen gewinnen.

Noch nie hatte sie Gelegenheit gehabt, einem der klassischen Pferderennen, über die sie in der Zeitung gelesen hatte, beizuwohnen. Gelegentlich wurden bei ihnen auf dem Lande Hindernisrennen oder Querfeldeinrennen veranstaltet, zu denen Jeremy sie mitzunehmen pflegte.

Meist war es jedoch für sie keine fröhliche Angelegenheit gewesen, weil ihr Bruder immer zu Tode betrübt gewesen war, nicht selbst an den Rennen teilnehmen zu können.

„Den Burschen hätte ich spielend geschlagen!“ pflegte er zu sagen, wenn der Gewinner stürmisch gefeiert wurde, sobald er das Ziel erreicht hatte.

„Mir scheint, es dürfte schwierig sein, diesen Menschen irgendwo aufzutreiben“, bemerkte der Graf trocken, und damit holte er Mariota in die Gegenwart zurück.

Sie schämte sich, daß sie sich dazu hatte hinreißen lassen, ihre Gedanken preiszugeben, und entzog ihm hastig ihre Hand.

„Eure Lordschaft wird mich für töricht halten, aber . . . aber es ist nur, weil ich so viel allein bin. Da flüchtet man sich zuweilen in eine Traumwelt.“

„Würden Sie mich für einen Wahrsager halten, wenn ich Ihnen prophezeie, daß Ihre Träume eines Tages Wirklichkeit werden?“ fragte der Graf.

„Das ist höchst unwahrscheinlich“, entgegnete Mariota. „Jetzt muß ich aber gehen und mich um Ihr Mittagessen kümmern. Ich hoffe nur, daß es Ihnen einigermaßen mundet.“

„Jetzt sind Sie ausgesprochen unfair zu mir“, beklagte sich der Graf, „und das paßt nicht zu Ihrer Rolle als barmherziger Engel.“

„Falls ich das bisher für Sie war“, gab Mariota zurück, „so werden Sie bald wieder imstande sein, ohne Engel auszukommen.“

„Das bezweifle ich stark", sagte der Graf. „Und falls es Sie interessiert: Ich habe immer noch scheußliche Kopfschmerzen."

Mariota sah ihn erschrocken an.

„Sie müssen sich sofort wieder hinlegen", bat sie. „Es ist meine Schuld, weil ich mich so lange mit Ihnen unterhalten habe. Wenn Dr. Dawson heute abend erfährt, daß ich Sie überanstrengt habe, wird er mir Vorwürfe machen."

„Sie haben mich nicht überanstrengt", entgegnete der Graf, „sondern mir lediglich ein wenig Kummer bereitet. Ich hasse Probleme, die ich nicht lösen, und Hindernisse, die ich nicht niederreißen kann."

Mariota zog behutsam eines der Kopfkissen hinter seinem Kopf hervor, damit er sich hinlegen konnte.

„Versuchen Sie, die halbe Stunde bis zum Mittagessen zu schlafen."

„Ich will nicht schlafen", sagte der Graf unwillig. „Ich will mich mit Ihnen unterhalten."

„Ich kann aber beim besten Willen nicht an zwei Orten gleichzeitig sein", beschied ihn Mariota. „Mrs. Brindle gibt sich zwar die größte Mühe, aber . . ."

„Also gut, ich lasse Sie gehen", erklärte er sich einverstanden. „Aber Sie müssen mir versprechen, mir heute nachmittag wieder Gesellschaft zu leisten, während Ihr Vater sich mit meiner Schwester unterhält. Seien Sie fair!"

„Ich würde mich gern mit Ihnen unterhalten, Mylord", sagte Mariota, „aber Sie sollten besser ein wenig schlafen."

„Schlafen! Schlafen!" rief der Graf ungehalten. „Sie und der Doktor scheinen zu glauben, das sei das Allheilmittel. Dabei trägt eine Unterhaltung mit Ihnen viel mehr zu meiner Gesundung bei, selbst wenn Sie mir die Meinung sagen."

„Das tue ich doch gar nicht . . .", verteidigte sich Mariota, dann merkte sie, daß es nur ein Scherz von ihm war.

Ihre Augen trafen sich, und aus ihr selbst unerfindlichen Gründen spürte sie, wie ihre Wangen sich röteten.

„Bitte . . . versuchen Sie jetzt zu schlafen“, bat sie ihn hastig und huschte aus dem Zimmer. Leise zog sie die Tür hinter sich zu.

Der Graf schloß die Augen nicht, sondern blickte auf den Blumenstrauß auf dem Tisch, den Mariota ihm gebracht hatte.

Zwischen blauem und weißem Flieder steckten einige Rosen, die noch in der Knospe waren. Das Arrangement sah so frühlingshaft und jugendfrisch aus wie das Mädchen, das es zusammengestellt hatte.

Diese Betrachtungen lösten bei dem Kranken einen tiefen Seufzer aus, und seine Augen bekamen einen schmerzlichen Ausdruck.

Lady Coddington traf gegen halb vier Uhr ein und begab sich sofort nach oben ins Krankenzimmer ihres Bruders. Sie verzichtete darauf, die Türglocke zu läuten, weil Jakob es in der Küche ohnehin nicht hören würde, und beauftragte ihren Diener, die Früchte, die sie mitgebracht hatte, ins Haus zu tragen.

„Ich komme ein bißchen zu spät, Alvic“, sagte sie. „Verzeih mir bitte, aber das Mittagessen zog sich noch länger hin als gewöhnlich. Der Herzog redet und redet und kann kein Ende finden.“

Lady Coddington küßte ihn auf die Wange und wandte sich dann Mariota zu, die sich aus ihrem Sessel erhoben hatte.

„Guten Tag, Miß Forde, oder darf ich Sie Mariota nennen? Mein Bruder sieht viel besser aus als gestern, und ich weiß nicht, wie ich Ihnen für Ihre Hilfsbereitschaft danken soll.“

„Ich fürchte, Seine Lordschaft hatte heute morgen wieder Kopfschmerzen“, sagte Mariota.

Lady Coddington sah ihn besorgt an, und er wehrte hastig ab: „Es war nicht der Rede wert, ist schon wieder vorbei.“

Mariota hielt das für eine fromme Lüge, weil es ihm widerstrebte, über seine Beschwerden zu reden.

Wie reizend die Lady aussah. Zum erstenmal trug sie keine Trauerkleidung mehr, sondern eine fliederfarbene elegante Robe. Ihr Hut war mit einem Samtband im gleichen Farbton garniert. Sie trug eine Kette aus Amethysten und Diamanten und dazu passende Ringe, die in der Sonne blitzten, als sie die Handschuhe abstreifte.

Um Lady Coddington mit ihrem Bruder allein zu lassen, ging Mariota zur Tür, wandte sich dort noch einmal um: „Wie mein Vater mir sagte, erwartet er Sie im Herrenzimmer, Mylady. Sie kennen ja den Weg."

„Ja, natürlich", erwiderte Lady Coddington. „Ich verspreche Ihnen, unseren Patienten nicht zu überanstrengen."

„Ich danke Ihnen."

„Ein reizendes Mädchen", sagte Lady Coddington zu ihrem Bruder, als Mariota gegangen war, „und so wunderhübsch. Es ist ein Jammer, daß Lord Fordcombe zu arm ist, um mit ihr auszugehen, und niemals einer Einladung des Herzogs oder anderer Gutsbesitzer in der Grafschaft Folge leisten würde."

„Warum eigentlich nicht?" fragte der Graf.

„Weil er zu stolz ist, die Gastfreundschaft anderer Leute in Anspruch zu nehmen, ohne sich revanchieren zu können."

Während Lady Coddington sprach, sah sie sich im Zimmer um.

„Dies ist eines der hübschesten Häuser, das ich je gesehen habe", sagte sie dann. „Der Zustand, in dem es sich befindet, bricht mir das Herz, Alvic. Es gibt kaum eine Fensterscheibe, die keinen Sprung hat, und die Vorhänge sind zerschlissen."

„Leider kann man nichts dagegen machen", sagte der Graf unmutig. „Ich hatte gerade ein Streitgespräch mit Mariota, weil ich dich bitten wollte, morgen einige Lebensmittel mitzubringen."

„Lebensmittel? Wozu denn das?" rief Lady Coddington verständnislos aus.

„Weil sie sich einen zusätzlichen Esser wie mich nicht leisten können", erklärte ihr der Graf. „Die jüngste Tochter, die übrigens auf dem besten Wege ist, eine kleine Schönheit zu werden, hat mir zu verstehen gegeben, daß sie sich das, was sie mir zukommen lassen, vom Munde absparen müssen."

„Daran hätte ich nie gedacht“, gestand ihm Lady Coddington beschämt. „Es ist furchtbar, wenn man sich vorstellt, daß sie so bettelarm sind und wir so reich. Sicher könntest du sie dazu überreden . . .“

„Spar dir deinen Atem“, unterbrach sie ihr Bruder. „Sie sind stolz wie der Teufel, und du könntest mir nur unter dem Vorwand, daß ich ein Feinschmecker bin, dem das, was er hier vorgesetzt bekommt, nicht genügt, Speisen bringen lassen.“

„Genügt es dir tatsächlich nicht?“ wollte Lady Coddington wissen.

Der Graf preßte die Lippen zusammen, bevor er antwortete: „Ich fühle mich in meine Kindheit zurückversetzt, wo es auch immer leichte, bekömmliche Kost gab.“

Seine Schwester lachte belustigt.

„Tut dir gewiß ganz gut. Ich war immer schon der Meinung, daß die Köstlichkeiten, die dein Küchenchef zubereitet, den Magen zu sehr belasten.“

„Dann schlage ich vor, du bittest den Koch des Herzogs um einige Pasteten, etwas von der Sülze, die seine Spezialität ist, eine Ochsenzunge und was er sonst noch in dieser Richtung vorrätig hat.“

„Angenommen, das Mädchen und sein Vater fühlen sich gekränkt und weigern sich, die Sachen anzunehmen, was dann?“

„Überlaß es mir, Mariota umzustimmen. Und falls Lord Fortcombe sich sträubt, wirst du ihn von der Notwendigkeit dieses kleinen Zuschusses überzeugen, davon bin ich überzeugt.“

Ein Lächeln huschte über das Gesicht seiner Schwester, das ihm nicht entging.

„Da Seine Lordschaft sicher schon auf dich wartet, solltest du jetzt zu ihm gehen und später noch einmal bei mir hereinschauen. Bis dahin ruhe ich mich ein wenig aus.“

„Wenn dir danach ist, lasse ich dich selbstverständlich allein“, sagte Lady Coddington und begab sich zur Tür. Dort fiel ihr noch etwas ein.

„Wie dumm von mir!“ rief sie aus. „Beinahe hätte ich vergessen, dir liebe Grüße von Elizabeth zu bestellen. Sie läßt dich fragen, ob sie dich morgen mit mir zusammen besuchen darf.“

„Nein, ich glaube, das wäre ein Fehler“, erwiderte der Graf. „Sie soll sich bitte gedulden, bis es mir bessergeht. Wenn zu viele Leute auf mich einreden, bekomme ich leicht Kopfschmerzen.“

„Natürlich, liebster Alvic, das verstehe ich.“

Lady Coddington verließ das Zimmer und bemerkte das Stirnrunzeln des Grafen nicht, das sein Gesicht verdüsterte. Es war noch immer vorhanden, als Mariota später zurückkam und ihn fragte, ob er etwas brauche.

„Ich werde ganz offen mit Ihnen reden, Mylord“, sagte Dr. Mortimer, „und muß Ihnen leider sagen, daß es töricht wäre, bereits aufzustehen und Queens Ford zu verlassen.“

Als der erwartete Protest des Grafen ausblieb, fuhr der Arzt fort: „Ihre Kopfschmerzen bereiten mir noch etwas Sorge, und die Schwellung an Ihrer Stirn ist auch noch nicht zurückgegangen. Meiner Meinung nach wäre es unverantwortlich und könnte weitreichende Folgen haben, wenn Sie in Ihrem derzeitigen geschwächten Zustand unnötige Risiken eingingen.“

„Aber ich kann doch nicht ewig im Bett liegenbleiben!“ sagte der Graf ungeduldig.

„Sie sind erst vier Tage hier“, erwiderte Dr. Mortimer, „und falls Sie nicht noch Sir Wilfred Lawson oder einen anderen königlichen Leibarzt konsultieren wollen, so sollten Sie sich auf mein Urteil verlassen und mir zugestehen, daß ich nur Ihr Bestes will, wenn ich Ihnen zur Ruhe rate, Mylord, bis Ihre Kopf- und Ihre Schulterverletzungen besser verheilt sind, mag es Ihre Geduld auf eine noch so große Probe stellen.“

„Es geht mir gar nicht darum, Queens Ford so schnell wie möglich zu verlassen“, erklärte der Graf. „Ich hasse es nur, im Bett liegen zu müssen.“

„Also gut“, ließ Dr. Mortimer sich ein Zugeständnis abringen.

„Morgen dürfen Sie aufstehen und sich in einen Sessel am Fenster setzen. Aber im Morgenrock, nicht angekleidet. Sobald Sie müde werden oder Ihr Kopf wieder schmerzt, müssen Sie ins Bett zurück. Haben Eure Lordschaft verstanden?"

„Ich habe verstanden", bestätigte der Graf, „und kann jetzt auch nachempfinden, wie anderen Leuten zumute ist, wenn ich Ihnen unangenehme Aufträge erteile."

„Dann tut Ihnen diese Erfahrung doppelt gut", stellte Dr. Mortimer lächelnd fest. „Jedoch steht es Ihnen natürlich völlig frei, Mylord, eine der Kapazitäten aus London kommen zu lassen."

„Ich habe größtes Vertrauen in Ihre Fähigkeiten, aber es dauert nur so verdammt lange, wieder gesund zu werden."

Dr. Mortimer lachte nachsichtig.

„Sie sind ungeduldig wie alle jungen Leute, die immer glauben, sie versäumen etwas, wenn sie mal ein paar Tage liegen müssen." Er hielt einen Augenblick inne und fügte dann hinzu: „Ich an Ihrer Stelle wäre ein ausgesprochen glücklicher Mann, wenn sich zwei so reizende junge Damen wie Miß Mariota und Miß Lynne um mich kümmern würden."

Für einen Augenblick wirkte der Graf verärgert, als stünde dem Doktor eine solche persönliche Bemerkung nicht zu, doch dann mußte er lachen.

„Schon gut, Mortimer, Sie haben gewonnen! Ich werde noch ein, zwei Tage kurztreten, aber dann stehe ich auf, ob mit oder ohne Ihre Erlaubnis."

„Abgemacht!" erklärte Dr. Mortimer sich einverstanden. „Darf ich Ihnen noch für die Kiste mit köstlichem Wein danken, Mylord, die Ihr Diener mir bei meiner Ankunft in die Kutsche gepackt hat."

„Lassen Sie sich den edlen Tropfen schmecken, Doktor."

„Das werde ich zweifellos tun!" versicherte Dr. Mortimer.

Als er gegangen war, überlegte der Graf, daß es eine gute Idee gewesen war, durch Hicks mehrere Kisten Wein in den Keller stellen zu lassen, ohne daß Mariota etwas davon gemerkt hatte.

Als er seinen Gastgeber nach dem Abendessen gebeten hatte, einen guten Portwein aus dem Keller des Herzogs mit ihm zu trinken, hatte Lord Fordcombe freudig zugestimmt.

Danach bereitete es keine Schwierigkeiten mehr, dem Lord begreiflich zu machen, daß es ihm widerstrebe, einen guten Bordeaux auf seinem Zimmer zu trinken, während die Familie beim Abendessen keinen zur Verfügung habe.

Zunächst wollte Mariota Einspruch erheben. Als sie jedoch bemerkte, wie köstlich ihrem Vater der geliebte Bordeaux schmeckte, brachte sie es nicht übers Herz, ihm die Freude daran und am Portwein oder am Brandy zu verderben.

Da sie ohnehin das Gefühl hatte, daß der Graf immer seinen Kopf durchsetzte, ganz gleich, was sie ihm entgegenhielt, nahm sie auch die Speisen an, die Lady Coddington mitbrachte und von Hicks in die Küche getragen wurden.

Auf Anweisung des Grafen bediente Hicks zwischenzeitlich nicht nur seinen Herrn im Krankenzimmer, sondern auch die Familie beim Abendessen. Mariota wußte, wie sehr ihr Vater den Luxus genoß, einen Diener zu haben, der ihnen die Speisen servierte und Wein einschenkte, so daß seine Töchter nicht ständig aufspringen mußten, sondern gemütlich mit ihm am Tisch sitzen bleiben konnten.

Da er in dem Grafen einen anregenden Gesprächspartner hatte, brachte er weit weniger Zeit in seinem Arbeitszimmer zu als früher. Besonders freute ihn aber jedesmal der Besuch von Lady Coddington, die so lebhaft an der Geschichte des Hauses und der Familie, die er verfaßte, interessiert war.

Das erinnerte Mariota nicht selten an die hübsche bestickte Damenhandtasche, die Jeremy nach dem Überfall in seinem Zimmer versteckt hatte. Der Gedanke daran bereitete ihr Unbehagen und erfüllte sie jedesmal aufs neue mit Scham.

Deshalb glaubte sie, einiges an dem Grafen und seiner Schwester gutmachen zu können, indem sie um deren Wohlbefinden besorgt war.

Nach dem Abendessen machte Lynne Anstalten, dem Kranken einen Besuch abzustatten, ohne ihre Schwester um Erlaubnis zu fragen.

„Unterhalt dich nicht zu lange mit dem Grafen", mahnte Mariota. „Er hatte heute wieder Kopfschmerzen und bekam von Dr. Mortimer viel Schlaf und Ruhe verordnet."

„Du hast doch jedesmal was dagegen, wenn ich zu ihm gehe", stellte Lynne fest. „Wie kann man nur so egoistisch sein, diesen hinreißenden Mann für sich allein zu beanspruchen."

„Das tue ich doch gar nicht."

„Und ob du das tust!" gab Lynne zurück. „Du benimmst dich wie eine Glucke mit nur einem Küken. Keine Bange, ich will ihn dir nicht ausspannen, sondern mich nur mit ihm unterhalten."

Die betroffene Miene ihrer Schwester veranlaßte sie, hastig zu versichern: „Tut mir leid, Mariota. Das war doch nur ein Scherz, Liebes. Trotzdem steht für mich fest, daß er in dich verliebt ist."

„Wie . . . wie kommst du darauf?" fragte Mariota mit belegter Stimme, die ihr selbst fremd in den Ohren klang.

„Viele kleine Dinge, die er sagt, haben mir das verraten. Stell dir doch vor, wie herrlich es für uns alle werden könnte, wenn er um deine Hand anhält."

„Du bist total übergeschnappt." Mariota blieb auf dem oberen Treppenabsatz stehen. „Wie kannst du dir auch nur einen Augenblick einbilden, der Graf . . . ein so bedeutender . . . so vornehmer Mann würde auch nur einen Blick an mich verschwenden?" Ihr Lachen klang ein wenig bitter.

„Was glaubst du wohl, wie ich neben seiner Schwester aussehe in diesem alten Kleid, das ich seit drei Jahren trage und das mir längst zu eng geworden ist? Außerdem wurde es schon so oft gewaschen, daß man nicht mehr erkennt, welche Farbe es einmal hatte."

„Das weiß ich ja, Liebes", sagte Lynne, „aber du bist sehr hübsch. Papa findet das auch."

„Woher willst du das denn wissen?" fragte Mariota.

„Ich habe ihn mal gefragt, ob er mich nicht niedlich fände, und er hat geantwortet: ‚Sehr sogar. Ich kann das gut beurteilen. Aber da Mariota eurer Mutter gleicht, wirst du mit ihrer Schönheit niemals konkurrieren können.'"

Verblüfft sah Mariota ihre Schwester an.

„Das soll Papa gesagt haben?"

„Großes Ehrenwort. Wenn du dir ein bißchen Mühe gibst, liebe Mariota, schließt der Graf sich dieser Meinung an. Aber sei auf der Hut. Könnte sein, daß ich ihn dir wegnehme und selber heirate!"

Diese Bemerkung Lynnes war von einem übermütigen Augenzwinkern begleitet und verriet, daß es wieder einmal einer der üblichen Scherze ihrer Schwester war. Bevor sie etwas erwidern konnte, war Lynne im Zimmer des Grafen verschwunden.

Mariota machte keine Anstalten, ihr zu folgen. Gedankenverloren blieb sie auf dem Gang stehen und gestand sich zum erstenmal ein, daß der Graf eine große Rolle in ihrer Traumwelt spielte.

Ihr Herz verriet ihr, daß es sogar die Hauptrolle war.

4

„Ich fürchte“, bemerkte Lynne, während sie sich eine weitere Scheibe Lachsschinken einverleibte, „wenn der Graf uns verläßt, gibt's wieder nichts anderes als Kaninchen!“

Mariota gab keine Antwort, und auch Lord Fordcombe hing seinen Gedanken nach und schwieg.

„Langweilig wird das sein“, fuhr Lynne fort. „Sobald ich alt genug bin, suche ich mir einen Mann, der genauso aussieht wie er.“

„Bis es soweit ist“, sagte Mariota nicht ohne Schärfe, „solltest du dich mit deinem Frühstück beeilen, sonst muß die Kutsche warten, und du weißt, wie ungehalten der Squire darüber wäre.“

„Er hat nicht ein einziges Pferd im Stall, das es mit dem Hengst des Grafen aufnehmen könnte“, sagte Lynne. „Deshalb habe ich Seine Lordschaft gestern auch gefragt, ob ich eines seiner Pferde reiten darf, und er hat mir versprochen, am Wochenende eines herüberbringen zu lassen.“

„Lynne!“ rief Mariota empört aus. „Ich habe dir schon einmal gesagt, daß du den Grafen nicht anbetteln sollst!“

„Er leiht mir doch nur ein Pferd“, gab Lynne unbekümmert zurück. „Das hat doch mit Bettelei nichts zu tun.“

„Wir dürfen uns ihm auf keinen Fall aufdrängen.“

„Wenn du mich fragst, so hat er sich uns aufgedrängt“, entgegnete Lynne, „und wenn er sich jemandem dafür erkenntlich zeigen sollte, dann ist es Papa, weil es sein Haus ist und der Graf durch seinen Aufenthalt bei uns eine Menge Scherereien macht.“

Lynne stieß das ziemlich heftig hervor, aber sie sah dabei so entzückend aus, daß Mariota ihr einfach nicht böse sein konnte. Schließlich hatte Lynne auch nicht ganz unrecht. Die Anwesenheit des Grafen hatte viel Unruhe in ihr gleichförmiges Leben gebracht, und ihre Schwester schien das als Nachteil zu empfinden.

Als sei ihm plötzlich bewußt geworden, worüber seine Töchter sprachen, erwachte Lord Fordcombe aus seiner Versunkenheit.

„Wie geht es unserem prominenten Gast heute morgen?“ fragte er. „Gestern habe ich mir Sorgen um ihn gemacht.“

„Er litt wieder unter heftigem Kopfschmerz“, erwiderte Mariota, „weil er unbedingt und gegen den Rat des Doktors aufstehen wollte. Nachdem er eine Stunde am Fenster gesessen hatte, war er froh, wieder ins Bett kriechen zu können.“

„Prima!“ rief Lynne aus. „Das bedeutet, er wird uns nicht so bald verlassen. Dr. Dawson meint, es sei lebensgefährlich, wenn Patienten mit Gehirnerschütterung zu früh aufstehen.“

Obwohl sie sich dessen schämte, war Mariota insgeheim froh darüber, daß der Graf nicht so rasch wieder auf den Beinen sein würde, wie er erwartet hatte.

„Der Doktor wird bald kommen, Papa“, sagte sie. „Er versprach, hier mit seinen heutigen Krankenbesuchen zu beginnen.“

Ihr Vater warf einen raschen Blick auf seine Uhr.

„Ich warte nicht auf ihn, Mariota“, erklärte er dann. „Wenn er mich zu sehen wünscht, soll er in mein Arbeitszimmer kommen. Wie du weißt, bin ich sehr beschäftigt.“

„Ja, gewiß, Papa.“

Lynne hatte ihren Schinken aufgegessen und sagte bedauernd: „Ich gehe jetzt besser. Die Kutsche wartet bestimmt schon. Dabei würde ich zu gern noch einen Pfirsich essen.“

„Den bekommst du heute abend“, versprach ihr Mariota. „Und jetzt beeil dich!“

Lynne erhob sich und schlang dann impulsiv die Arme um den Nacken ihrer Schwester.

„Tut mir leid, daß ich garstig zu dir war, Liebes“, sagte sie. „Du bist so großartig und so selbstlos, und ich benehme mich manchmal richtig ekelhaft!“

„Schon gut“, sagte Mariota lächelnd. „Und jetzt lauf, sonst

schickt der Squire dir nie mehr eine Kutsche und du mußt auf Feuervogel zum Gutshof reiten."

„Da würde ich lieber laufen!" rief Lynne zurück. „Das ginge schneller."

Sie lief aus dem Zimmer, drückte sich in der Halle hastig ihren Hut auf die blonden Locken und sprang dann die Stufen hinunter.

Lynne kann sich glücklich schätzen, dachte Mariota, während sie ihrer kleinen Schwester nachblickte. Elaine Fellows mag sie, und ihr Vater war so entgegenkommend, ihr zu gestatten, am Unterricht seiner Tochter teilzunehmen. Wenn wir Lynnes Erziehung bezahlen müßten, wüßte ich nicht, wo ich das Geld dazu hernehmen sollte.

Da sie sich keine Gouvernante leisten konnten, würde es ihr überlassen bleiben, ihre kleine Schwester zu unterrichten, ebenso ihrem Vater, der es haßte, bei der Arbeit an seinem Buch gestört zu werden.

Nur wenn Lady Coddington erschien, ließ er alles stehen und liegen, um sie mit warmer Herzlichkeit zu begrüßen. Ein wenig wehmütig überlegte sie, daß ihr Vater sie seither nicht mehr um Rat gefragt oder ihr gezeigt hatte, wie er mit seiner Arbeit vorangekommen war.

Doch dann sagte sie sich, daß ihr Vater sie gewiß wieder brauchen würde, sobald alles wieder seinen normalen Gang hatte, was schon abzusehen war.

Andererseits, dachte sie versonnen, würde nie wieder alles genauso sein wie vorher.

Gewaltsam schüttelte sie diese Gedanken ab, räumte den Frühstückstisch ab und trug das Geschirr in die Küche, damit Mrs. Brindle mit dem Spülen beginnen konnte.

Dann eilte sie ins Wohnzimmer, um Staub zu wischen und die welken Blumen auszusortieren. So viel sie auch zu tun hatte, die Zeit, frische Blumen aus dem Garten zu holen, nahm sie sich immer.

„Ich hasse Zimmer ohne Blumen", hatte ihre Mutter einmal

gesagt. „Sie wirken so lieblos, und für mich sind Blumen Zeichen der Liebe."

„Das stimmt, Mama", hatte Mariota ihr beigepflichtet. „Wir verschenken Blumen, wenn Menschen glücklich sind, zum Beispiel zu ihrer Hochzeit, oder zum Gedenken an liebe Verstorbene."

„Bei Beerdigungen gibt es zu viele Blumen", hatte Lady Fordcombe erwidert. „Den Lebenden sollte man Blumen schenken und damit Zuneigung beweisen. Die Toten bekommen im Himmel ganz sicher Blumen in Hülle und Fülle."

„Eine tröstliche Vorstellung, Mama", hatte Mariota lachend erwidert. „Du solltest dir aber mal die Betroffenheit und Empörung der Dorfbewohner vorstellen, wenn unser Kranz plötzlich nicht mehr auf jedem Sarg ganz obenauf läge!"

Und jetzt sorgte sie nicht nur im Wohnzimmer für frischen Blumenschmuck, sondern auch im Zimmer des Grafen. Auch heute würde er nicht nach unten kommen können und ans Bett gefesselt sein; da würden ihn die Blumen vielleicht ein wenig aufheitern.

Für ihn waren Blumen sicher nichts Besonderes, sagte sie sich. In seinem Herrenhaus gab es sicher die schönsten Blumen, die man sich denken konnte, und das Gewächshaus des Herzogs war weit und breit berühmt für seine Blütenpracht. Orchideen würden seinen Palast zieren und Nelkenbuketts, wie sie in allen vornehmen Häusern Londons anzutreffen waren, wie Mama ihr erzählt hatte.

Die Gartenblumen, die mehr oder weniger wild in ihrem verwahrlosten Garten wuchsen, würden ihn daher kaum beeindrukken. Sie muten ihn sicher an wie Lynne und ich, dachte Mariota betrübt, zwei ganz niedliche Landmädchen, die, verglichen mit den exotischen Schönheiten, die ihm in London auf den glänzenden Gesellschaften begegnen, wie Unkraut anmuten.

Irgendwie schmerzte es sie, daß er so von ihr denken könnte, und sie ertappte sich bei dem heimlichen Wunsch, es möge nicht so sein.

Um nicht weiter ins Grübeln zu geraten, nahm sie den flachen Korb, den ihre Mutter stets im Garten bei sich gehabt hatte, und füllte ihn mit allem, was grünte und blühte.

Es reichte für mehrere Vasen und sah ganz hübsch aus, fand sie, als sie alle Blumen untergebracht hatte.

Zwei besonders bunte Sträuße, die sie eigens für diesen Zweck zurechtgemacht hatte, trug sie nach oben.

Auf ihr Klopfen erschien Hicks an der Tür.

„Wie geht es Seiner Lordschaft?“ fragte sie den Kammerdiener. „Darf ich ihm ein paar Blumen bringen?“

„Seine Lordschaft wird sehr erfreut sein, Sie zu sehen, Miß“, gab Hicks zurück. Seinem warnenden Unterton glaubte Mariota entnehmen zu können, daß der Graf nicht gerade in bester Stimmung war.

Er saß, durch viele Kissen im Rücken gestützt, aufrecht im Bett und sah, wie sie fand, blendend aus. Die Schwellung an seiner Stirn war kaum zu sehen und nur leicht bläulich-braun verfärbt.

Ihr entging jedoch der herbe Zug um den Mund und der finstere Ausdruck seiner blauen Augen nicht. Als er sie jedoch erblickte, erhellte ein Lächeln sein Gesicht, so als sei plötzlich die Sonne aufgegangen.

„Guten Morgen, Mylord.“

„Guten Morgen, Mariota. Wie ich sehe, bringen Sie mir frische Blumen.“

„Da Sie nicht selbst in den Garten gehen können, der Prophet also nicht zum Berg gehen kann, muß der Berg zu ihm kommen.“

Der Graf lachte.

„Mich macht es ganz nervös, zur Untätigkeit verurteilt zu sein.“

„Das kann ich mir lebhaft vorstellen, aber Dr. Dawson hatte recht mit seiner Warnung, und Sie haben es büßen müssen.“

„Ich habe es satt, immer nur im Bett liegen zu müssen.“

„Die alten Leute im Dorf sagen: ‚Eile mit Weile‘, daran sollten Sie sich halten.“

„Wollen Sie mir eine Predigt halten?“

„Allerdings“, entgegnete Mariota lächelnd. „Wie könnte ich einer so einmaligen Gelegenheit widerstehen? Ich habe das Gefühl, Mylord, daß Sie immer recht haben und keiner Ihnen zu widersprechen pflegt.“

„Ich habe Ihre Anspielung verstanden“, sagte der Graf. „Es soll mir eine Lehre sein und mich von meinem hohen Roß der Selbstsicherheit herunterholen.“

„Hoffentlich nicht.“

Erstaunt hob der Graf die Brauen, und sie fügte erklärend hinzu: „Es gibt Menschen, die sind Führernaturen, selbstsicher und stark und so in sich gefestigt, daß andere ihnen widerspruchslos folgen.“

„Für einen solchen Menschen halten Sie mich?“

„Davon bin ich überzeugt.“

Prüfend sah der Graf sie an.

„Habe ich in Ihren Traumgeschichten auch schon eine Rolle gespielt, Mariota?“

Die Frage traf sie so unerwartet, daß sie errötete, und als sie seinen Blick auf sich spürte, in Verlegenheit geriet.

Es entstand eine kleine Pause, bevor er sich wieder vernehmen ließ: „Auch ich habe mich in Träume verloren, Mariota, und würde Sie gern in schönen Kleidern sehen, wie Sie mir in meinen Träumen erschienen sind.“

Er sagte das mit leiser, beschwörender Stimme, die Mariota in ihren Bann schlug und verzauberte. Sie sah sich in einer festlichen Robe mit engem Mieder und Puffärmeln, wie es Mode war, der Saum mit Blüten verziert.

Sie verdankte es natürlich keiner anderen als Lynne, daß sie sich in modischen Dingen einigermaßen auskannte. Ihre kleine Schwester pflegte „Ladies Journal“ und andere Modezeitschriften von Mrs. Fellow mitzubringen, und Mariota schaute sich an, welche Garderobe sie tragen würde, könnte sie es sich leisten.

Natürlich bestand nicht die geringste Aussicht, daß sie jemals eine so hinreißende Kreation tragen würde, aber Mariota tröstete sich damit, daß Träume schließlich nichts kosteten und niemand sie ihr verbieten konnte.

Als habe er ihre Gedanken erraten, ließ der Graf sich vernehmen: „Eines der Geschenke, die ich Ihrem Vater machen möchte, sind hübsche Kleider für Lynne und Sie. Wenn Sie mir also freundlicherweise Ihre Maße notieren, gebe ich in London eine entsprechende Bestellung auf, ob Sie es mir nun erlauben oder nicht."

Damit ließ er erkennen, daß er erwartete, gegen ihre Bedenken ankämpfen zu müssen.

Sie kehrte aus ihrer Traumwelt in die Gegenwart zurück. „Sie wissen, daß . . . wir keine Kleider von Ihnen annehmen könnten", erhob sie Einspruch.

„Unsinn! Ihrem Vater werde ich erklären, daß ich damit meine Dankbarkeit für die reizende Aufnahme in Ihrem Haus beweisen möchte. Schließlich habe ich lange genug Ihre Gastfreundschaft in Anspruch genommen und möchte mich dafür revanchieren. Er wird mein Geschenk sicher nicht zurückweisen."

Bevor Mariota etwas erwidern konnte, fuhr er fort: „Sie können sie natürlich jederzeit wegwerfen, oder den armen Leuten im Dorf schenken."

Sie lachte. „Können Sie sich vorstellen, die Leute im Dorf in eleganten Roben umherstolzieren zu sehen?"

„Sie müssen mir versprechen, die Kleider zu tragen, die ich für Sie kommen lasse", erklärte der Graf energisch. „Ich fühle mich, ehrlich gesagt, nicht kräftig genug, um mich mit Ihnen herumzustreiten, Mariota."

„Schmerzt Ihr Kopf wieder?" fragte sie in besorgtem Ton.

„Ganz sicher wird er das, wenn Sie mir weiter widersprechen."

Ihre grauen Augen blickten ihn forschend an. „Ich habe das Gefühl, daß Sie mich nicht nur erpressen, sondern auch auf hinterhältige, ungebührliche und höchst unsportliche Weise Ihren Willen durchsetzen wollen."

Der Graf lachte. „Dann haben Sie sich also damit abgefunden, daß ich mich mit oder ohne Ihre Zustimmung durchsetzen werde?“

„Scheint so“, sagte Mariota seufzend. „Und . . . es wäre einfach wundervoll, wenigstens ein modisches Kleid zu besitzen.“

„Dann darf ich um Ihre Maße bitten. Meine Schwester wird sie meinem Sekretär übergeben, der sich in Madresfield aufhält.“

„Ihr Sekretär hat Sie auf Ihrer Reise begleitet?“

„Ohne ihn gehe ich nirgendwohin, und im Augenblick hab’ ich eine Menge Aufträge für ihn und bedaure, ihn nicht hier zu haben.“

„Warum bitten Sie ihn nicht, herzukommen?“

„Ich wagte nicht, Sie um Ihre Erlaubnis zu bitten“, entgegnete der Graf. „Schließlich haben Sie bereits Hicks und mich auf dem Hals, und da Sie uns nicht gestatten wollen, für Kost und Logis zu zahlen, wäre es unzumutbar, auch noch meinen Sekretär und den Stallburschen hier einzuquartieren.“

Seine Worte stürzten Mariota in peinliche Verlegenheit. Ihr war sehr wohl bekannt, daß sein Stallknecht jeden Tag von Madresfield herüberkam, um sich um den Hengst zu kümmern und mit ihm zu trainieren.

Es war ihr überhaupt nicht in den Sinn gekommen, ihm vorzuschlagen, seinen Pferdepfleger in Queens Ford unterzubringen. Der Grund dafür war, daß sie noch nie mit so wohlhabenden und bedeutenden Persönlichkeiten wie dem Grafen zu tun gehabt und keine Ahnung hatte, mit wie vielen Dienern er sich auf Reisen zu begeben pflegte.

„Ich . . . ich bitte um Verzeihung“, sagte sie leise.

„Sie müssen mir verzeihen“, erwiderte der Graf. „Es war nur ein Scherz von mir. Ich fühle mich sehr wohl bei Ihnen und vermisse nichts.“

„Ich fürchte, das entspricht nicht der Wahrheit“, gab Mariota unbekümmert zurück. „Da ich völlig unwissend bin, wie Sie und Ihre Freunde zu leben pflegen, ist mir überhaupt nicht in den Sinn gekommen, daß Sie sich hier einschränken müssen. Alles, was ich weiß, ist das, was man sich im Dorf von den glänzenden Gesellschaften erzählt, die der Herzog zu geben pflegt."

Ihm entging nicht, daß sie das in bedauerndem Ton sagte. „Sobald ich wieder gesund bin", versprach er ihr deshalb, „wird Ihnen zu Ehren ein Fest veranstaltet, allerdings nicht in Madresfield."

„Das könnte ich auch nicht annehmen."

„Warum nicht?"

„Papa würde mir nicht erlauben, die Einladung anzunehmen, selbst wenn sie vom Herzog stammte, weil es uns unmöglich ist, uns zu revanchieren", erklärte ihm Mariota. „Aber warum nicht in Madresfield?"

Statt irgendeiner einleuchtenden Erklärung blieb er ihr die Antwort schuldig und wich mit einem Stirnrunzeln ihrem fragenden Blick aus.

In dem deutlichen Bemühen, vom Thema abzulenken, fragte er statt dessen: „Sind die Zeitungen schon gekommen? Ich möchte Sie bitten, mir den Parlamentsbericht vorzulesen, da mich das Lesen noch zu sehr anstrengt, wie ich gestern feststellen mußte."

„Ja, ich lese Ihnen natürlich gern vor, was Sie interessiert", erklärte Mariota sich bereit.

Einer der Vorteile, der durch die Anwesenheit des Grafen in ihrem Haus erwachsen war, erstreckte sich für sie darauf, daß Hicks sämtliche Tageszeitungen und außerdem immer eine Auswahl von Sportmagazinen besorgte, die zur täglichen Lektüre des Grafen gehörte.

Seiner immer noch anhaltenden Kopfschmerzen wegen hatte Dr. Dawson ihm strikt verboten, Zeitung zu lesen, und so hatte es sich ergeben, daß Mariota ihm die Artikel vorlas.

Ihr eröffnete sich damit eine ganz neue Welt. Während der Mittagsruhe des Grafen studierte sie sämtliche Zeitungen von vorn bis hinten, um zu erfahren, was sich außerhalb der ländlichen Abgeschiedenheit von Queens Ford ereignete.

Lynne, die Sportzeitschriften langweilig fand, hatte Hicks dazu bewogen, einige Modejournale zu besorgen. Als Mariota davon erfuhr, war sie sehr ungehalten über das Benehmen ihrer kleinen Schwester. Doch Hicks beruhigte sie. Der Graf habe diese Journale ohnehin abonniert, erklärte er ihr, für den Fall, daß weibliche Gäste in seinem Haus weilten.

Lynnes Befürchtung, ihre Schwester werde sie um ihren Lesespaß bringen, erfüllte sich daher nicht.

Im übrigen brachte es Mariota nicht über sich, Geld für Zeitschriften oder andere Dinge auszugeben, die nicht unbedingt nötig waren. Die wenigen Goldmünzen, die Jeremy ihr zugesteckt hatte, würden sie noch bitter nötig haben.

Denn ihr war auch ohne Lynnes ständiges Gejammer, wie schwer es ihnen fallen würde, nach den herrlichen, exotischen Speisen aus Madresfield wieder zu ihrem Kaninchen-Einerlei zurückkehren zu müssen, schmerzlich bewußt, daß ihnen schwere Zeiten bevorstanden.

Der Kammerdiener hatte die Zeitungen bereits auf einem Hocker vor der Tür bereitgelegt. Wie jeden Tag war die *Times* dabei und als zweite Tageszeitung die *Morning Post*, außerdem solche Blätter, die der Graf zu lesen pflegte, um sich mit der Einstellung der Opposition zu diversen Tagesfragen vertraut zu machen.

„Eine solche Vielfalt von Meinungen durch Zeitungen vermittelt zu bekommen, ist für mich faszinierend“, gestand ihm Mariota begeistert.

„Die wenigsten Frauen interessieren sich für Politik“, sagte er mit leiser Ironie.

„Dann bin ich eben eine Ausnahme.“ Mariota ließ sich nicht beirren. „Mich interessiert zum Beispiel brennend, was Mr. Wilberforce zu der skandalösen Kinderarbeit in den Minen zu sagen hat.“ Schüchtern fragte sie ihn: „Werden Sie die Kinderschutzgesetze im Oberhaus befürworten?“

„Das erwarten Sie wohl von mir, wie?“

„Sie sehen doch sicher auch ein, wie . . . grausam das ist und wie unrecht."

„Unrecht?" wiederholte der Graf und fügte in – wie ihr schien – zynischem Ton hinzu: „Vermutlich finden Sie es auch unrecht, daß einige Leute Geld haben und andere so gut wie nichts, wie das bei Ihnen der Fall ist?"

„Das ist nicht wahr!" empörte sich Mariota. „An mich habe ich dabei überhaupt nicht gedacht. Vielen Menschen geht es sicher schlimmer als uns, obwohl auch wir ziemlich hart kämpfen müssen."

„Ich verstehe", sagte der Graf, diesmal voll echten Mitgefühls. „Aber der einzige Mensch hier im Haus, der wirklich kämpft, sind Sie, Mariota."

„Das muß ich doch, verstehen Sie denn nicht?" erwiderte Mariota, als müsse sie sich entschuldigen. „Papa ist mit seinem Buch beschäftigt, und ich muß mich um Lynne und Jeremy kümmern, deren Zukunft mir sehr am Herzen liegt."

Besonders um Jeremy machte sie sich ernsthafte Sorgen. Er hatte ihr zwar versprochen, nie wieder Torheiten zu begehen, als Wegelagerer Kutschen zu überfallen, aber würde er Wort halten, wenn er neu eingekleidet aus London zurückkehrte und hier die gleiche Misere vorfand wie eh und je?

Mit allen Kräften mußte sie verhindern, daß er erneut in Schwierigkeiten geriet und sich fürs ganze Leben unglücklich machte.

Die scharfen tiefblauen Augen ruhten auf ihrem Gesicht.

„Warum vertrauen Sie mir nicht an, was Sie bedrückt?" hörte sie ihn fragen. „Ich könnte Ihnen vielleicht helfen."

„Nein, nein, kommt überhaupt nicht in Frage! Sie müssen sich einzig und allein darum bemühen, schnell gesund zu werden, und dürfen sich nicht mit den Sorgen anderer belasten."

„Ihre Sorgen sind mir aber ein echtes Anliegen, Mariota." Das klang so ernst, daß sie ihn überrascht ansah und Schwierigkeiten hatte, ihren Blick wieder loszureißen.

Einen Augenblick lang gab es nur die tiefblauen Augen des Grafen, die sie magisch anzuziehen schienen, deren Zauber sie zu erliegen drohte.

Um das seltsame Gefühl abzuschütteln, das sie in ihrem Innern spürte, nahm sie hastig eine Zeitung in die Hand.

„Was soll ich Ihnen heute vorlesen?“ fragte sie ihn mit belegter Stimme.

„Das überlasse ich Ihnen“, erwiderte der Graf. „Mir geht es darum, dem Klang Ihrer Stimme zu lauschen. Sie haben eine schöne Stimme, Mariota. Sie klingt so sanft und weich, während viele Frauen schrille, harte Stimmen haben, die nicht mit ihrem Aussehen harmonieren.“

„Mama hat mir immer vorgelesen, als ich noch klein war“, sagte Mariota. „Vielleicht versuche ich, sie nachzuahmen.“

„Sie sind sehr bescheiden, trotz Ihrer positiven Lebenseinstellung“, stellte der Graf fest. „Dabei verfügen Sie über eine bemerkenswerte Persönlichkeit.“

Mariotas Gesicht verriet Überraschung. „So habe ich mich noch nie gesehen. Vielleicht hatte ich neben Lynnes Schönheit immer das Gefühl, zu verblassen und nicht beachtet zu werden. Und wenn Sie Jeremy kennenlernen, werden Sie feststellen, daß er über sehr viel Selbstvertrauen verfügt, zuviel vielleicht.“

„Ich freue mich schon darauf, seine Bekanntschaft zu machen“, sagte der Graf. „Was tut er in London?“

„Er . . . er weilt zu Besuch bei Freunden“, antwortete Mariota mit unmerklichem Zögern.

Erst in diesem Augenblick wurde ihr bewußt, daß es schwierig sein würde, dem Grafen zu erklären, woher Jeremy das Geld für seine neue Kleidung hatte, falls ihr Bruder vorzeitig zurückkehrte.

Wir müssen irgendeinen Freund der Familie erfinden, der so freundlich war, ihn neu auszustatten, überlegte sie, und es bereitete ihr Unbehagen, erneut Lügen erfinden zu müssen.

„Eine Lüge zieht die andere nach sich“, pflegte ihre Mutter zu sagen. Wie recht sie hatte!

„Warum wollen Sie sich nicht von mir helfen lassen?" fragte der Graf, als könne er ihre Gedanken lesen. „Warum vertrauen Sie mir nicht, Mariota? Es schmerzt mich, daß Sie mich nicht an Ihren Gedanken und Empfindungen teilnehmen lassen."

„Sie . . . wären für Sie ohne Interesse, Mylord."

„Lassen Sie es auf einen Versuch ankommen."

Sie seufzte ein wenig. „Ich würde gern mit Ihnen darüber sprechen", entgegnete sie dann. „Sehr gern sogar, aber . . . es ist unmöglich."

„Jetzt haben Sie mich herausgefordert", sagte der Graf mit leisem Lächeln. „Und eins kann ich Ihnen versichern, Mariota. Einer Herausforderung konnte ich noch nie widerstehen."

Seine selbstbewußte, keinen Widerspruch duldende Art, verwirrte sie.

„Nein, nein, bitte versuchen Sie nicht, meine Gedanken zu lesen!" wehrte sie bestürzt ab. „Sie gehören mir ganz allein. Sie . . . Sie machen mir angst!"

„Da Sie anzunehmen scheinen, ich könnte Ihre Gedanken lesen und nachempfinden, was Sie bewegt, bestärkt mich das in der Erkenntnis, daß wir uns auf ungewöhnliche Weise sehr nahestehen. So etwas geschieht bei zwei Menschen, die sich zufällig begegnen, höchst selten."

Seine Worte stürzten sie in noch größere Verwirrung. Nie hätte sie erwartet, so etwas aus seinem Munde zu hören. Wieder sah sie ihn fragend an und hatte erneut das Gefühl, dem Zauber seiner Augen erliegen zu müssen.

So, als fürchte sie, er könne sie in Hypnose versetzen und ihr die Dinge entlocken, die er wissen wollte, sagte sie hastig: „Verzeihen Sie, aber mir war, als hätte ich eine Kutsche kommen hören. Es . . . es könnte Ihre Schwester sein."

Ohne die Antwort des Grafen abzuwarten, lief sie aus dem Zimmer.

Als sie die Tür hinter sich geschlossen hatte, legte der Graf sich in die Kissen zurück und starrte gedankenverloren an die Decke.

Die Falten auf seiner Stirn verrieten, daß es keine erfreulichen Gedanken waren, die ihn bewegten.

Obwohl Mariota die Ankunft einer Kutsche nur als Vorwand benutzt hatte, um der gefährlichen Nähe des Grafen zu entrinnen, hatte ihr Instinkt sie nicht getrogen.

Als sie den unteren Treppenabsatz erreichte, sah sie zwei Damen in der Halle stehen, die eben angekommen sein mußten.

Eine von ihnen war Lady Coddington, die andere ein junges Mädchen etwa in Mariotas Alter.

Sie trug ein bildschönes, pinkfarbenes Kleid, dessen Saum Seidenblüten zierten, dazu einen mit Seidenblumen besteckten breitkrempigen Hut. Sie sah so hinreißend aus, daß Mariota den Blick nicht von ihr wenden konnte.

„Guten Morgen, Mariota!" begrüßte sie Lady Coddington. „Wie geht es Ihnen, meine Liebe?"

Mariota machte einen Knicks und erwiderte: „Guten Morgen, Mylady. Es wird Sie freuen, zu hören, daß Seine Lordschaft sich heute besser fühlt."

„Ich habe mir solche Sorgen gemacht, weil er gestern einen so schlechten Tag hatte", sagte Lady Coddington. „Darf ich Ihnen Lady Elizabeth Field vorstellen? Das ist Mariota Forde, Elizabeth, die so viel für meinen Bruder getan hat, daß ich ewig in ihrer Schuld sein werde."

„Lady Coddington hat mir erzählt, wie großartig Sie waren", sagte Lady Elizabeth. „Geht es Seiner Lordschaft tatsächlich besser?"

„Besser als gestern", erwiderte Mariota, „aber er braucht immer noch viel Ruhe."

„Sicher hat er gegen meinen Besuch nichts einzuwenden", sagte Lady Elizabeth.

„Wir sollten Miß Forde bitten, sich bei ihm zu erkundigen, ob es ihn nicht zu sehr anstrengt, meine Liebe", schlug Lady Coddington vor.

Mariota machte gerade Anstalten, dem Wunsch der Damen zu

entsprechen, als draußen erneut eine Kutsche vorfuhr und sie ans Fenster lockte.

„Da kommt der Doktor!“ stellte sie fest und stieß einen kleinen Freudenschrei aus, als sie Jeremy in der Begleitung des Arztes entdeckte.

Sie war über das plötzliche Auftauchen ihres Bruders so erfreut, daß sie ihm entgegenlief und die Stufen vor der Haustür hinunterstürmte, ohne sich darum zu kümmern, daß die beiden Damen ihr Benehmen ungehörig finden könnten.

„Ihr Bruder stieg gerade aus der Postkutsche, als ich an der Station vorbeikam“, hörte sie den Doktor sagen, während sie Jeremy die Arme um den Hals warf und ihn an sich drückte.

„Du bist wieder zu Hause! Wie wunderbar! Ich habe so viel an dich denken müssen!“

„Und ich an dich“, erwiderte Jeremy. „Ich hätte es keinen Tag länger ohne dich ausgehalten.“

Erst in diesem Augenblick hatte Mariota Gelegenheit, ihn näher anzuschauen. Was sie sah, verschlug ihr den Atem.

Er hatte sich sehr zu seinem Vorteil verändert. Der elegante Cutaway saß sie angegossen und entsprach der neuesten Mode. Dazu trug er champagnerfarbene Beinkleider, die seine schmalen Hüften betonten. Die langen Beine steckten in Schaftstiefeln, auf denen sich die Sonne spiegelte.

Die Ecken seines modischen Kragens reichten weit übers Kinn, und seine Krawatte war so kunstvoll gebunden, daß es ihn vermutlich Stunden gekostet hatte, um diese Perfektion zu erreichen.

Auf dem Kopf trug Jeremy keck aufs Ohr gesetzt einen neuen Zylinder von der Art, wie der Graf ihn bei seinem Sturz vom Pferd verloren hatte.

„Du siehst großartig aus!“ rief Mariota aus.

„Das finde ich eigentlich auch!“ gab Jeremy augenzwinkernd zurück.

„Du mußt sofort Papa von deiner Rückkehr unterrichten“, sagte sie aufgeregt, dann fiel ihr ein, wer sich in der Halle befand.

„Lady Coddington ist zu Besuch da“, sagte sie mit warnendem Unterton leise zu ihrem Bruder. „Sie war auf dem Wege nach Madresfield, um den Herzog zu besuchen, als ihr Bruder auf der Landstraße einen Reitunfall erlitt.“

Jeremys Gesichtsausdruck verriet ihr, daß er ihre Warnung verstanden hatte.

Als er jedoch dem Arzt ins Haus folgte, konnte sie keine Unsicherheit bei ihm feststellen. Sein Auftreten wirkte unbefangen und sehr selbstbewußt.

„Guten Morgen, Mylady“, hörte sie Dr. Dawson sagen.

„Guten Morgen, Doktor“, erwiderte Lady Coddington. „Elizabeth, ich möchte dir Dr. Dawson vorstellen, der meinen Bruder seit seinem Unfall behandelt.“

„Freut mich sehr, Sie kennenzulernen“, erwiderte Lady Elizabeth mit melodischer Stimme.

Während sie dem Doktor die Hand gab, entdeckte sie Jeremy hinter ihm, und ihre Augen weiteten sich in ungläubigem Staunen.

„Darf ich Ihnen meinen Bruder Jeremy vorstellen?“ beeilte sich Mariota, die Damen mit ihm bekannt zu machen, und war bemüht, sich ihre Nervosität nicht anmerken zu lassen.

„Er wird sicher erstaunt sein, daß sein Haus von Fremden besetzt ist“, bemerkte Lady Coddington.

„Dr. Dawson hat mich davon unterrichtet, daß sein Patient bei uns untergebracht ist“, erwiderte Jeremy.

„Ich möchte Sie mit einer jungen Dame bekannt machen, die zum erstenmal hier ist“, fuhr Lady Coddington fort. „Mr. Jeremy Forde – Lady Elizabeth Field.“

„Ich kenne Sie von einer Jagd her“, sagte Jeremy galant. „Sie sind eine exzellente Reiterin.“

„Und ich bin ganz sicher, Sie noch nie gesehen zu haben“, gab Lady Elizabeth zurück, „sonst würde ich mich ganz bestimmt daran erinnern.“

„Ich gehörte nicht zu den Reitern“, stellte er klar. „Unsere

Pferde schaffen es gerade noch, im Schritt die Einfahrt auf und ab zu trotten. Nein, ich war zu Fuß und habe Sie ebenso beneidet wie bewundert."

Lady Elizabeth lachte.

„Wie schmeichelhaft! Ein Jammer, daß zur Zeit keine Jagd stattfindet. Sie hätten sich eines der prächtigen Pferde des Grafen ausleihen und an seiner Stelle teilnehmen können, solange er verhindert ist."

„Ich wäre entzückt, die Gelegenheit zu nutzen", sagte Jeremy artig.

„Wollen wir nach oben gehen und Seine Lordschaft fragen, ob er sich kräftig genug fühlt, einen weiteren Besucher zu empfangen?" wandte Mariota sich an Lady Coddington.

„Ja, natürlich. Mr. Forde wird sicher Lady Elizabeth inzwischen Gesellschaft leisten, während wir feststellen, in welcher Verfassung unser Patient ist."

„Es wird mir ein Vergnügen sein", versicherte ihr Jeremy, und Mariota stellte befriedigt bei sich fest, daß London zweifellos dazu beigetragen hatte, seine Manieren zu verbessern.

Lady Coddington sah in ihrem malvenfarbenen Kleid sehr attraktiv aus, fand Mariota, die hinter ihr die Treppe hoch ging.

„Lady Elizabeth bestand darauf, mich zu begleiten", erklärte die Schwester des Grafen, sobald sie in der Halle nicht mehr gehört werden konnten, „aber wenn der Doktor meint, man sollte den Kranken nicht unnötig aufregen, wird sie dafür volles Verständnis haben."

„Sicher wird Ihr Bruder sie sehen wollen", erwiderte Mariota. Gewiß gab es keinen Mann, der Lady Elizabeth nicht entzückend fand und von ihr angetan war.

Sie war nicht eigentlich schön zu nennen, hatte aber ein hübsches Gesicht mit Grübchen in den Wangen, die zu sehen waren, wenn sie lächelte.

Vom oberen Treppenabsatz aus blickte Mariota noch einmal in die Halle hinunter. Lady Elizabeth und Jeremy unterhielten sich angeregt und begaben sich gerade ins Wohnzimmer. Zu ihrer Erleichterung schien es Lady Coddington überhaupt nicht in den Sinn gekommen zu sein, daß sie Jeremy schon einmal begegnet sein könnte.

Trotzdem hatte Mariota in dem Augenblick, als er ihr die Hand gegeben hatte, das beklemmende Gefühl gehabt, das Herz müsse ihr stillstehen und etwas schnüre ihr die Kehle zu.

Nicht auszudenken, welchen Skandal es gegeben hätte, wenn Lady Coddington angstvoll aufgeschrien und ihn als den Räuber ihres Geldes wiedererkannt hätte.

Doch der Ausdruck des aparten Gesichtes der Lady hatte sich nicht verändert, und Mariota hatte die ganze Zeit das Gefühl gehabt, auf einem dünnen Seil zu balancieren und nur durch ein Wunder das andere Ende erreicht zu haben.

Vor der Tür zum Zimmer des Grafen angekommen, hörten sie drinnen Dr. Dawson mit dem Grafen reden und warteten draußen, bis die Untersuchung beendet war.

Der Blick der Lady fiel auf die bunten Facettenscheiben am Ende des Ganges. Die Sonne fiel darauf und warf goldene Muster auf den abgetretenen Läufer.

„Dieses Haus atmet so viel Schönheit", sagte sie versonnen. „Haben Sie sich nicht manchmal vorgestellt, wie es ausgesehen hat, als es neu war? Oder später nach der Restauration renoviert und neu möbliert wurde, um den König in seinen Mauern aufzunehmen?"

„So würde ich es gern heute noch sehen", erwiderte Mariota „Doch diese Zeiten sind unwiederbringlich vorüber."

„Das befürchte ich auch", pflichtete Lady Coddington ihr seufzend bei, „aber es stimmt mich traurig, wenn ich daran denke, daß all die herrlichen Räume unbenutzt sind und es durch das Dach hereinregnet."

Ihre Worte verrieten echtes Mitgefühl.

„Papa ist sehr bekümmert darüber, daß dieses Zeugnis einer stolzen Geschichte vor seinen Augen verfällt, aber seit er Sie kennengelernt hat und Sie so viel Anteilnahme an unserem Schicksal zeigen, wirkt er viel glücklicher als gewöhnlich."

„Ich danke Ihnen für diese Worte", sagte Lady Coddington erfreut. „Da ich Ihrem Vater bereits so viel von seiner kostbaren Zeit gestohlen habe, fürchtete ich schon, ihm lästig zu fallen."

„Machen Sie sich darüber bitte keine Gedanken", sagte Mariota herzlich. „Es tut ihm sehr gut, aus seiner Abgeschiedenheit herausgeholt zu werden, daß ich Sie herzlich bitten möchte, meinen Vater so häufig wie möglich zu besuchen, solange Ihr Bruder in unserem Hause weilt, Mylady."

Lächelnd legte Lady Coddington die Hand auf Mariotas Schulter.

„Ich danke Ihnen, meine Liebe", sagte sie aufatmend, „und ich hoffe von Herzen, daß das Buch Ihres Vaters ein überwältigender Erfolg wird."

„Das halte ich für unwahrscheinlich", erwiderte Mariota, „aber das sollte man ihm nicht sagen."

„Natürlich nicht", pflichtete Lady Coddington ihr bei. „Das wäre sehr taktlos."

Dr. Dawson verließ in diesem Augenblick das Krankenzimmer und begegnete den fragenden Blicken der beiden Damen mit leichtem Lächeln.

„Ein reuiger Patient", berichtete er. „Seine Lordschaft hat zu meinem Erstaunen zugegeben, daß sein gestriges Aufstehen ein Fehler war, der sich auf keinen Fall wiederholen darf. Er bedarf heute also völliger Ruhe und hat versprochen, nach dem Lunch ein wenig zu schlafen. Es liegt an Ihnen, Miß Mariota, darauf zu achten, daß er gehorcht."

„Ich werde es versuchen", erwiderte Mariota, „mußte mir aber von ihm schon des öfteren sagen lassen, daß er stets seinen Willen durchzusetzen pflegt."

Lady Coddington lächelte verständnisvoll.

„Das ist wahr. Ich fürchte, mein Bruder ist schon als Kind so verwöhnt worden, daß es leichter ist, nachzugeben, statt einen aussichtslosen Kampf gegen ihn führen zu wollen und zu versuchen, ihn umzustimmen."

„Das glaube ich Ihnen gern", sagte Dr. Dawson. „Für heute würde ich Mylady bitten, nur wenige Minuten bei ihm zu bleiben und morgen wiederzukommen. Dann befindet er sich hoffentlich auf dem Wege der Besserung."

„Ja, natürlich", sagte Lady Coddington. „Ich richte mich völlig nach Ihren Anweisungen und danke Ihnen dafür, daß Sie ihn zur Vernunft gebracht haben."

Sie lächelte dem Doktor und Mariota noch einmal zu, bevor sie im Krankenzimmer verschwand.

Mariota begleitete den Doktor nach unten.

„Hoffentlich ist mir Lady Elizabeth nicht böse", sagte er unterwegs, „aber es wäre ein großer Fehler, wenn der Graf heute viel reden müßte, selbst mit einer so charmanten, reizenden jungen Dame wie ihr."

„Sie kennen sie?" fragte Mariota neugierig.

„Ich habe beruflich nichts mit Seiner Gnaden zu tun", entgegnete Dr. Dawson, „aber ich habe Lady Elizabeth oft aus der Ferne bewundert. Sie ist nicht nur ausnehmend hübsch, sondern auch noch sehr reich."

Das überraschte Mariota. Sie wußte zwar, daß der Herzog von Madresfield ein wohlhabender Mann war, aber ihr war auch bekannt, daß er zwei Söhne hatte, die sein Vermögen erben würden, so daß für die Tochter nicht viel übrigbleiben konnte.

Der Doktor bemerkte ihre Verwunderung und klärte sie auf.

„Sie lesen offenbar den Lokalanzeiger nicht, Miß Mariota", stellte er fest. „Vor zwei Jahren lautete die Schlagzeile des ‚Worcester Journals': ‚Lady Elizabeth erbt ein beträchtliches Vermögen von ihrer Patentante in Amerika'."

„Papa kauft niemals den Lokalanzeiger."

„Jedenfalls war das in der gesamten Umgebung Tagesgespräch, wie Sie sich denken können", fuhr der Doktor fort. „Lady Elizabeth gilt als eigenständige Millionärin."

„Wie großartig für sie!" rief Mariota neidlos aus.

Sie stellte sich vor, wie aufregend es wäre, wenn irgendeine Patentante ihr wenigstens ein bescheidenes Vermögen vermachen würde, das ausreichte, um das Haus zu renovieren, Jeremy edle Reitpferde zu kaufen und Lynne nach London zu schicken.

Dann fiel ihr ein, daß ihr damit genau die drei Wünsche wieder in den Sinn gekommen waren, die sie einer guten Fee mitgeteilt hätte und wonach der Graf sie einmal gefragt hatte.

Laut sagte sie aus ihren Gedanken heraus: „Alles, was mir meine Patentante vermacht hat, war ein Gebetbuch und ein Bild von der Flucht der Heiligen Familie nach Ägypten. Beides besitze ich noch."

Dr. Dawson lachte amüsiert.

„Ein hübsches Vermächtnis", stellte er trocken fest, „aber sicher kein vollwertiger Ersatz für einige Millionen."

„Nein, sicher nicht", pflichtete Mariota ihm bei. „Sollte ich einmal Kinder haben, dann werde ich sorgfältig darauf achten, daß sie reiche Paten bekommen, die sie einmal in ihrem Testament bedenken werden."

„Kein schlechter Gedanke", sagte Dr. Dawson, „aber ich nehme an, Sie werden im Verlauf Ihres Lebens feststellen, Miß Mariota, daß Geld stets zu Geld kommt und die Armen dazu ausersehen scheinen, arm zu bleiben."

Er lachte, als hielte er das für einen guten Witz, und stieg in seinen Einspänner.

„Danke, daß Sie Jeremy mitgenommen haben", sagte sie zum Abschied.

„Ich konnte doch nicht zulassen, daß er sich seine blanken Stiefel schmutzig macht", gab der Doktor zurück. „Außerdem schien mir seine Reisetasche beträchtlich schwerer zu sein als bei seiner Abreise."

Das entsprach der Wahrheit, wie Mariota sich selbst überzeugen konnte, als sie versuchte, die Tasche, die auf der unteren Stufe stand, aufzunehmen und die Treppe hochzutragen.

Einer der Stallburschen, der zum Gefolge des Grafen gehörte, eilte ihr sofort zu Hilfe.

„Lassen Sie mich das machen, Miß. Wohin soll ich die Tasche bringen?“

„Vielen Dank“, sagte Mariota erleichtert. „Das ist sehr freundlich von Ihnen. Würden Sie die Tasche bitte ins Schlafzimmer meines Bruders bringen? Es liegt dem Zimmer des Grafen genau gegenüber.“

„Wird gemacht, Miß.“

Der Stallbursche trug die schwere Tasche mühelos die Treppe hoch, als habe sie überhaupt kein Gewicht. Mariota kam in den Sinn, daß sie, wenn sie noch einen Wunsch frei gehabt hätte, sich mehr solche Diener gewünscht hätte, die das Gepäck für sie schleppten und ihr andere schwere Lasten abnahmen.

Von der Halle aus hörte sie Jeremys Stimme in einiger Entfernung. Offenbar führte er Lady Elizabeth im Haus herum. Das tat er sichtlich voller Stolz, aber Mariota fragte sich, ob Lady Elizabeth mit all ihrem Reichtum nicht voller Verachtung auf die feuchten Flecken an Decken und Wänden schauen und über den überall sichtbaren Verfall die Nase rümpfen würde.

Ihr wurde bewußt, daß sie genau die Befürchtungen hegte, die Jeremy und Lynne zusetzen würden, sobald der Graf ihr Haus verlassen hatte.

„Ich darf nicht unsere augenblickliche Lage an dem messen, was uns in Zukunft bevorsteht“, schalt sie sich. „Es ist ein großes Glück für uns, neuen Gesprächsstoff zu bekommen und reizende, interessante Menschen kennengelernt zu haben.“

Sie würde den Grafen niemals vergessen können, das wußte sie genau, und da er einen festen Platz in ihren Träumen hatte, würde er ihr stets nahe sein, auch wenn er das Haus verlassen hatte.

Langsam stieg sie die Treppe hinauf. Oben kam ihr Lady Coddington entgegen.

„Ich habe Alvic nur einen ganz kurzen Besuch abgestattet und hoffe, daß Sie mit mir zufrieden sind, Mariota. Er hätte es gern, wenn Sie ihm vorlesen. Mein Angebot, das für Sie zu tun, weil Sie möglicherweise anderweitig beschäftigt seien, lehnte er mit dem Bemerken ab, daß Ihre Stimme ihm lieber sei als meine."

„Das ist bestimmt nicht wahr!" wehrte Mariota verlegen ab.

„Ganz sicher ist das wahr", erwiderte Lady Coddington lächelnd. „Wie die meisten Brüder ist Alvic zu mir zuweilen von verblüffender Offenheit."

„So geht's mir auch mit Jeremy", bestätigte Mariota.

Sie tauschten einen verständnisvollen Blick.

„Ich statte Ihrem Vater noch einen kurzen Besuch ab", sagte Lady Coddington dann, „danach bringe ich Lady Elizabeth nach Hause."

„Ich fürchte, sie ist sehr enttäuscht darüber, den Grafen nicht besuchen zu dürfen."

„Morgen ist auch noch ein Tag", erwiderte Lady Coddington. „Bald wird er ohnehin soweit genesen sein, daß er nach Madresfield zurückkehren kann."

Mariota war, als lege sich eine eiskalte Hand auf ihr Herz.

Luxus und Annehmlichkeiten würden ihn dort wieder umgeben und all die Menschen, die zu seinem Leben gehörten. Keinen Gedanken würde er mehr an sie verschwenden, wenn er einmal fort war.

Plötzlich war es ihr schrecklich wichtig, nicht eine Sekunde der Zeit, die sie noch mit ihm zusammensein konnte, zu vergeuden. Ohne es zu wollen, begann sie zu laufen und erreichte ein wenig außer Atem vom schnellen Lauf, aber auch von ihren verwirrenden Gedanken sein Zimmer.

Als sie eintrat, rief er ihr entgegen: „Dr. Dawson hat mir doch Ruhe verordnet! Wie können Sie dann gestatten, daß mich all diese Leute belästigen! Sie wissen doch genau, daß ich gleich wieder Kopfschmerzen bekomme!"

Stirnrunzelnd blickte er ihr entgegen, als sie an sein Bett trat.

„Tut mir leid", sagte sie. „Ich nahm an, Sie wollten Lady Elizabeth und Ihre Schwester wenigstens kurz sehen."

„Ich wünsche niemanden zu sehen“, murrte er ungehalten. „Lesen Sie mir den Leitartikel der ‚Times‘ vor und dann den Parlamentsbericht.“ Er legte sich in die Kissen zurück und schloß die Augen.

Obwohl er sie für etwas getadelt hatte, das nicht ihre Schuld war, nahm sie kommentarlos die Zeitung auf und begann zu lesen.

Die Hälfte des Leitartikels hatte sie etwa erreicht, als sie spürte, daß er die Augen wieder geöffnet hatte und sie ansah.

Beim gemeinsamen Lunch erzählte Jeremy von seinen Erlebnissen, und Mariota und ihr Vater hörten aufmerksam zu.

Voller Begeisterung schilderte er seine Eindrücke von der Metropole und ihren Bewohnern.

„Ich hatte das unverschämte Glück, beim Schneider zwei Bekannte zu treffen“, berichtete er. „Einer davon war Maynard, an den du dich sicher erinnern kannst, Papa. Er wohnte fünf Meilen von hier, als wir noch Kinder waren. Der andere Bekannte war letztes Jahr zur Jagd beim Squire eingeladen. Wir lernten uns beim Dinner näher kennen. Erinnert ihr euch?“

„Ich schon“, erwiderte Mariota.

„Sie schienen echt erfreut zu sein, mich wiederzusehen“, fuhr Jeremy in seinem Bericht fort, „und sie gaben mir gute Tips, wo man sich preiswert einkleiden kann. In ihren Club haben sie mich auch mitgenommen, und ich war ihr Gast, solange ich in London war.“

„Du siehst in der Tat prächtig aus“, bemerkte Lord Fordcombe, als sei es ihm erst in diesem Augenblick aufgefallen, „aber warum wolltest du dich denn so plötzlich neu einkleiden?“

„Aus den anderen Sachen war ich herausgewachsen, Papa“, erwiderte Jeremy. „Also hätte ich entweder deine Kleidung ausleihen oder nackt herumlaufen müssen.“

„Dann bin ich in der Tat sehr froh, daß du dir neue Sachen gekauft hast“, bemerkte der Vater. „Erzähl mir, was du alles in London gesehen hast.“

Offenbar kam es ihm nicht in den Sinn, danach zu fragen, woher sein Sohn das Geld für die neue Kleidung hatte, was Mariota einen erleichterten Seufzer entlockte.

Jeremy erging sich in begeisterten Schilderungen seiner Theaterbesuche. Später hatte er sich zusammen mit seinen Bekannten auch in Tanzhallen amüsiert und, wie Mariota feststellte, jeden Augenblick genutzt, um etwas zu erleben, das ihm vielleicht nie wieder vergönnt sein würde.

Als ihr Vater sich in sein Arbeitszimmer zurückgezogen hatte, konnten sich die Geschwister ungestört unterhalten.

„Lady Elizabeth ist ein sehr attraktives Mädchen“, sagte Jeremy. „Ich würde sie gern wiedersehen.“

„Die Mühe kannst du dir sparen“, sagte Mariota knapp.

„Wie meinst du das?“

„Lady Coddington erwähnte, daß die junge Lady von ihrer amerikanischen Patentante ein Millionenvermögen geerbt hat“, erwiderte Mariota. „Wenn du ihr also den Hof machst, stünde für den Herzog und ganz Madresfield fest, daß du ein Mitgiftjäger bist, und man würde dich zum Teufel jagen.“

„Ich hab' doch überhaupt nicht dran gedacht, sie zu heiraten“, entgegnete Jeremy. „Ich finde sie ungewöhnlich anziehend und möchte öfter mit ihr zusammensein. Am liebsten hätte ich sie zum Lunch eingeladen, aber ich traute mich nicht. Heute nachmittag macht sie in Begleitung eines Stallknechts einen Ausritt hierher. Meinst du, ich könnte mir mal den Hengst des Grafen ausleihen, um mit ihr auszureiten?“

Bestürzt sah Mariota ihn an, und er fügte augenzwinkernd hinzu: „Ich hatte schon einmal das Vergnügen, dieses herrliche Pferd zu reiten!“

„Du kannst doch nicht ohne Erlaubnis ein fremdes Pferd reiten!“ sagte Mariota ungehalten. „Und ich dulde nicht, daß du den Grafen damit belästigst!“

„Warum denn nicht?“ wollte Jeremy wissen.

Darauf wußte Mariota keine Antwort. Sie erwähnte nur, daß

der Graf Lynne ein Pferd zum Ausreiten versprochen hatte, das zusammen mit einem Stallburschen von Madresfield am Sonnabend gebracht werde.

„Wenn sie reiten darf, dann ich bestimmt auch", sagte Jeremy.

„Nein, bitte, Jeremy, das darfst du nicht tun!" flehte Mariota ihn an.

„Wenn Seine Lordschaft sich unserer Stallungen bedient, um sein Pferd versorgen zu lassen, hat er bestimmt nichts dagegen, wenn ich einmal damit ausreite."

Damit verließ er das Speisezimmer und machte Mariota klar, daß sein Entschluß feststand und sie ihn nicht mehr davon abbringen konnte.

Ihr war es entsetzlich peinlich, daß die Großzügigkeit des Grafen erneut ausgenutzt werden sollte. Als sie ihm um vier Uhr seinen Tee brachte, hatte er den Rat des Arztes befolgt und zwei Stunden geschlafen, und sie wagte nicht, ihm mit ihrem Anliegen, die gute Laune zu verderben.

„Mir geht es viel besser", verkündete er, als sie das Tablett auf dem Nachttisch absetzte. Lächelnd blickte er zu ihr auf.

„Wie ich sehe, haben Sie Rumtörtchen gebacken", sagte er. „Die habe ich seit Jahren nicht mehr gegessen."

„Hoffentlich habe ich Ihren Geschmack getroffen."

„Ganz sicher haben Sie das", erwiderte der Graf. „Neben all Ihren anderen Vorzügen, sind Sie auch noch eine großartige Köchin."

„Es macht mir Spaß", sagte Mariota. „Allerdings nur, wenn ich die nötigen Zutaten zur Verfügung habe."

Der Graf hatte Hicks mit einem Bestellzettel zum Küchenchef des Herzogs geschickt, damit er ihm seine Lieblingsspeisen zubereiten konnte.

Während sie ihm nun den Tee einschenkte und dann auf einem Stuhl neben seinem Bett Platz nahm, sagte sie so unbefangen wie möglich: „Es tut mir so leid, daß Sie Ihre andere Besucherin heute nicht empfangen konnten. Lady Elizabeth ist sehr attraktiv."

„Finden Sie?“

„Sie trägt wunderhübsche Kleidung.“

Zunächst schien der Graf eine Erwiderung auf der Zunge zu haben, doch dann fragte er unvermittelt: „Spielen Sie Klavier, Mariota?“

Danach hatte er sie noch nie gefragt, und sie brauchte eine Weile, bevor sie antwortete: „Ja, schon, Mama bestand darauf, daß Lynne und ich einigermaßen gut Klavier spielen lernten. Mir macht es großen Spaß, wenn ich Zeit dazu finde.“

„Ich möchte Sie gern einmal spielen hören“, sagte er. „Irgendwie bringe ich Sie in meiner Vorstellung immer mit Musik in Zusammenhang.“

„Eigenartig, daß Sie das sagen“, stellte Mariota fest. „Wenn ich mir nämlich meine Geschichten ausdenke und sie in meinen Träumen wahr werden, ertönt im Hintergrund immer Musik. Es ist das Rauschen des Windes in den Wipfeln der Bäume, das Zwitschern der Vögel am frühen Morgen und manchmal das Rauschen der Wellen, das sich zu einer Melodie verdichtet, die ich noch zu hören glaubte, wenn ich aus meinem Traum erwachte.“

„Sobald ich mich besser fühle, komme ich nach unten und bitte Sie, mir vorzuspielen. Ihre Stimme verrät mir, daß Sie sehr musikalisch sind, Mariota. Schöne Stimmen haben mich schon immer bezaubert.“

Das klang, als erinnere er sich an eine ganz bestimmte andere Stimme, die ihn einmal in ihren Bann geschlagen hatte; Mariota war sicher, daß sie einer schönen Frau gehörte.

Nichts wünschte sie sich sehnlicher, als ähnlich in seiner Erinnerung weiterzuleben, wenn er Queens Ford verlassen hatte.

Seine Augen forschten in ihrem Gesicht.

„Sie sehen traurig aus, Mariota“, stellte er fest. „Woran denken Sie?“

„Ich dachte an Sie“, erwiderte sie wahrheitsgemäß.

„Und in welcher Richtung bewegten sich Ihre Gedanken?“

„Ich dachte daran, daß Sie keine Muße mehr haben werden,

sich von irgendwelchen Stimmen bezaubern zu lassen, sobald Sie Ihr normales Leben wieder aufgenommen haben und von Ihren vielen Freunden umgeben sind."

Er spürte deutlich, auf wen sie dabei anspielte.

„Sie sind wieder einmal viel zu bescheiden, Mariota", sagte er lächelnd, „und Sie unterschätzen sich und Ihre Wirkung auf andere. Dabei müßten Sie genau wissen, daß Ihr Zauber mich überallhin begleiten wird."

Sein merkwürdiger Ton ließ sie aufhorchen.

„Doch darüber möchte ich jetzt nicht weiter sprechen", lenkte er dann ab. „Lesen Sie mir irgend etwas vor. Ich möchte Ihre Stimme hören."

Sie verkniff sich die vielen Fragen, die ihr auf der Zunge brannten. Er befand sich offensichtlich in einem Zustand der Erregung und lief Gefahr, wieder von seinem Kopfschmerz heimgesucht zu werden, wenn sie ihn überanstrengte.

Deshalb griff sie hastig zur nächstbesten Zeitung und las vor, was sie zufällig aufgeschlagen hatte.

Es war die Beschreibung einer glänzenden Gesellschaft beim Prinzregenten im Carlton House. Der Hofberichterstatter beschrieb, wie prächtig die Räume des Palastes dekoriert waren, er schilderte die Festbeleuchtung und die erleuchteten Springbrunnen im Garten, die Roben der Damen und die festliche Kleidung der Kavaliere.

Mariota fühlte sich von der Schilderung des Festkonzertes und des Galadiners in eine andere Welt versetzt, sie glaubte, die geistvolle Unterhaltung der gutgelaunten Gäste, ihr Lachen und das Klirren der Kristallgläser zu hören, wenn man miteinander anstieß.

Erst als sie am Ende des Hofberichtes angelangt war und in die Gegenwart zurückfand, bemerkte sie, daß der Graf sie die ganze Zeit über unverwandt angesehen hatte.

„Sie hätten dabeisein müssen", sagte sie.

„Und Sie auch!"

Mariota lachte. „Ich hätte höchstens Aschenbrödel spielen können, die sich in den Palast des Märchenprinzen verirrt hat und sich darin fehl am Platze fühlt."

„Wenn mich mein Gedächtnis nicht trügt", sagte der Graf, „waren im Märchen alle von der Schönheit Aschenbrödels bezaubert, und der Prinz verliebte sich in sie. Das, Mariota, würde Ihnen auch passieren."

Sie lachte verlegen. „In einem Märchen, vielleicht", entgegnete sie, „aber in Wirklichkeit hätte ich mich in irgendeine Ecke verkrochen oder wäre davongerannt, ohne daß der Prinz meine Anwesenheit überhaupt zur Kenntnis genommen hätte."

„In einem Märchen", sagte der Graf leise, „hätte er Sie nicht nur bemerkt, sondern auch festgestellt, daß Sie genau die Frau sind, nach der er sein Leben lang gesucht hat."

5

Mariota kam aus der Kirche und legte ihr Gebetbuch auf dem Tisch in der Halle ab, dann löste sie die Schleife ihres Hutbandes und warf den Hut auf einen Stuhl.

Wie gewöhnlich war der Gottesdienst ziemlich langweilig gewesen und hatte sich ewig lange hingezogen.

In Wirklichkeit hatte sie es jedoch nicht erwarten können, ins Haus und zum Grafen zurückzukehren, und empfand alles, was sie daran hinderte, als riesige Zeitverschwendung.

Die Kirche gehörte zum gräflichen Besitz. Da ihr Vater jedoch keinen Pfarrer bezahlen konnte, pflegte der alte Geistliche aus dem Nachbardorf den Gottesdienst abzuhalten. Das bedeutete, daß nur sonntags Kirche war und das kleine Gotteshaus die vielen Besucher aus dem Dorf kaum fassen konnte. Alt und jung pflegten sich im besten Sonntagsstaat zum Gottesdienst einzufinden.

Es war die einzige Abwechslung für die Dorfbewohner, wo sie ihren Sonntagsstaat anlegen und andere Leute treffen konnten.

Mariota hatte allein im familieneigenen Kirchenstuhl gesessen, den das Wappen der Fordes zierte, und gebetet, daß der Graf bald wieder gesund werden möge. Gleichzeitig hatte sie aber den geheimen Wunsch nicht unterdrücken können, er möge noch möglichst lange in Queens Ford bleiben.

Ihre Befürchtung, daß der Tag immer näher rückte, an dem er ihr Lebewohl sagen und für immer aus ihrem Leben verschwinden würde, verstärkte sich von Stunde zu Stunde.

Sie zwang sich, ihre Gebete nicht nur dem Grafen zu widmen, sondern auch dem Wohlergehen ihrer Familie. Sie betete darum, daß Jeremy sich nie wieder langweilen und auf tollkühne Gedanken kommen möge, daß Lynne doch noch irgendwann als Debütantin an Londoner Bällen teilnehmen konnte, wie es ihrer Freundin Elaine bald vergönnt sein würde.

Es ist ungerecht, daß wir so wenig besitzen und jeden Pfennig umdrehen müssen, sagte Mariota sich in solchen Augenblicken. Doch dann schalt sie sich undankbar.

Keiner von ihnen hätte sich vor vierzehn Tagen noch träumen lassen, daß eine prominente und hinreißende Persönlichkeit wie der Graf in ihr Leben treten würde. Nicht zu vergessen die köstlichen Speisen und Getränke, die er nicht nur für sich, sondern für die ganze Familie besorgt hatte.

„Ich bin dir wirklich dankbar, lieber Gott“, sagte sie aus diesen Gedanken heraus und konnte sich doch des bangen Gefühls nicht erwehren, daß eine große Leere sie umgeben würde, wenn der Graf sie verlassen hatte.

Im Haus war es sehr still, und sie fragte sich, wo Lynne und Jeremy stecken mochten. Sie hatten sich beide geweigert, mit ihr in die Kirche zu gehen.

Vermutlich hielten sie sich jetzt im Wohnzimmer auf, überlegte sie und begab sich dorthin.

An der Tür blieb sie wie angewurzelt stehen. Am anderen Ende des Raums, mit dem Rücken zum Kamin, stand der Graf. Er trug einen eleganten Anzug und sah so überwältigend aus, daß er ihr einen Augenblick lang wie ein Fremder vorkam.

Sobald sie ihre Überraschung überwunden hatte, lief sie erfreut auf ihn zu.

„Warum haben Sie mir nicht gesagt, daß Sie aufstehen werden?“ Ihre Stimme überschlug sich vor Erregung.

„Guten Morgen, Mariota“, begrüßte er sie lächelnd. „Freut mich, daß mir meine kleine Überraschung gelungen ist.“

„Ich kann es noch gar nicht fassen, glaubte ich doch, Sie müßten mindestens noch zwei, drei Tage das Bett hüten.“

„Ich mag nicht mehr den Schwächling spielen und fühle mich, offen gesagt, besser als erwartet. Ich habe hier auf Ihre Rückkehr gewartet, um Sie zu bitten, ein Glas Champagner mit mir zu leeren."

„Um Ihre Genesung zu feiern?" fragte Mariota mit scheuem Lächeln.

„Um meine Auferstehung als Mann zu feiern, den Sie nicht mehr herumkommandieren können, wie Sie es getan haben, als er hilflos im Bett lag."

Sie lachte über seinen Scherz und ging zum Tisch. Der Weinkühler ihres Vaters, den sie seit Jahren nicht mehr benutzt hatten, befand sich darauf. Eine geöffnete Flascher Champagner stand darin.

„Darf ich Ihnen ein Glas einschenken?" fragte sie.

„Darauf habe ich die ganze Zeit gewartet. "

Sie reichte ihm das Champagnerglas. Dabei trafen sich ihre Blicke. Aus ihr unerfindlichen Gründen fühlte sie sich befangen.

Wahrscheinlich ist seine Feststellung, er fühle sich wieder als vollwertiger Mann, schuld daran, redete sie sich ein. Bisher war er ihr Patient gewesen, den sie gepflegt hatte und getröstet, wenn er wie ein kleiner Junge hilflos gewesen war.

Der Graf hob sein Glas.

„Auf Mariota, der ich mehr verdanke, als ich in Worte zu fassen vermag!"

Verwirrt sah sie ihn an.

„Ich kenne keine andere bezaubernde junge Dame", fügte er langsam hinzu, „die mich so aufopferungsvoll gepflegt hätte, wie Sie es getan haben."

Nicht seine Worte waren es, die ihr verlegene Röte in die Wange trieben, sondern die Art, wie er sie betonte.

Um ihre Befangenheit zu überspielen, schenkte sie sich ein wenig Champagner in das andere Glas und prostete dem Grafen zu. „Ich möchte darauf trinken, daß Sie, wie es so schön im Märchen heißt, ‚glücklich sein mögen bis ans Ende ihrer Tage'!"

Er erwiderte ihr Lächeln nicht, sondern wirkte mit einemmal sehr ernst.

„Daß dieser Wunsch in Erfüllung geht", sagte er düster, „ist sehr unwahrscheinlich, und ich werde Ihnen im Laufe des Tages auch sagen, warum."

Dann lenkte er vom Thema ab. „Heute nachmittag möchte ich mit Ihnen eine Fahrt ins Grüne unternehmen. Dr. Dawson ist auch der Meinung, daß frische Luft mir guttun wird, wollte mir aber nicht gestatten, spazierenzugehen oder auszureiten. Deshalb habe ich uns nach dem Lunch meinen Phaeton bestellt."

„Das klingt wundervoll!" rief Mariota begeistert aus. „Ich habe mir schon immer gewünscht, einmal in einer offenen Kutsche durch die Gegend zu fahren."

„Dann kann ich nur hoffen, daß mein bescheidenes Gefährt Ihren Beifall findet", bemerkte der Graf trocken.

„Ganz bestimmt", erwiderte Mariota lachend.

Trotzdem berührte es sie seltsam, daß er ihre Heiterkeit nicht teilte und den Eindruck erweckte, als beschäftige ihn etwas, oder als fühle er sich doch schwächer, als er zugeben mochte.

Zu Fragen blieb ihr keine Zeit, denn in diesem Augenblick stürmte Lynne ins Zimmer und belegte den Grafen mit Beschlag.

„Das war der herrlichste, himmlischste Ausritt meines Lebens!" rief sie begeistert. „Vielen, vielen Dank. Es war schrecklich lieb von Ihnen, mich auf Ihren Prachtpferden reiten zu lassen!"

„Deshalb habe ich es ja kommen lassen", sagte der Graf lächelnd. „Es freut mich, daß es Ihnen gefallen hat."

„Es war so hinreißend, daß man es mit Worten kaum beschreiben kann", sagte Lynne. „Bekomme ich auch ein bißchen Champagner?"

„Aber nur einen kleinen Schluck", mahnte Mariota.

„Ich bekomme keinen Rausch, falls du das befürchtest", entgegnete Lynne. „Höchstens vor Aufregung."

Sie nippte an ihrem Glas, bevor sie sich erneut an den Grafen wandte: „Warum können Sie nicht für immer bei uns bleiben? Dann könnten wir ständig auf Ihren Pferden ausreiten, Ihren Champagner trinken und Ihre köstlichen Speisen essen."

„Ist das der einzige Grund, weshalb Sie mich hierbehalten möchten?“ fragte der Graf.

„Nein, natürlich nicht“, erwiderte Lynne. „Mit Ihnen kann man sich so herrlich unterhalten, und ich kann verstehen, daß Ihnen in London alle schönen Damen zu Füßen liegen!“

„Jetzt schmeicheln Sie mir aber“, wehrte er lachend ab. „Dabei dürfen Sie mir glauben, daß ich noch nie die Gesellschaft zweier schöner, junger Damen so genossen habe wie im Augenblick.“

Lynne stieß einen entzückten kleinen Schrei aus, und in diesem Augenblick trat ihr Vater ins Zimmer.

„Ich hörte, daß Sie aufgestanden sind, Buckenham“, sagte er zum Grafen. „Sicher sind Sie heilfroh, wieder auf den Beinen zu sein.“

„Ich feiere meine Rückkehr ins normale Leben mit einem Glas Champagner“, erklärte ihm der Graf, „und ich hoffe, Sie leisten mir Gesellschaft.“

„Mit dem größten Vergnügen“, erwiderte Lord Fordcombe. „Ich trinke auf Ihre Gesundheit, Buckenham. Gleichzeitig möchte ich Ihnen versichern, daß Ihr etwas unkonventionelles Erscheinen in Queens Ford für uns alle eine Bereicherung war.“

„Man sagte mir, ich sei auf einem Brett in Ihr Haus eingezogen“, erwiderte der Graf, „kann mich jedoch nicht daran erinnern.“

Da Mariota den Gedanken nicht ertragen konnte, daß sie an seinem Sturz vom Pferd und den verheerenden Folgen schuld war, verließ sie das Zimmer, um sich in der Küche um das Mittagessen zu kümmern.

Als sie ein an Köstlichkeit kaum zu überbietendes Mahl genossen hatten, gestand Mariota sich ein, daß es bei ihnen am Tisch noch nie so viel Gelächter und Fröhlichkeit gegeben hatte wie heute.

„Wenn Sie bereit sind, Mariota“, sagte der Graf in ihre Gedanken hinein, „mein Phaeton wartet, und die Pferde, die in letzter Zeit wenig Bewegung hatten, sind bestimmt schon unruhig.“

„Sie brauchen sich höchstens noch zwei Minuten zu gedulden“, versprach Mariota und erhob sich von ihrem Platz.

„Wo ist eigentlich Jeremy?“ erkundigte sich Lord Fordcombe, als sei ihm das Fehlen seines Sohnes erst in diesem Augenblick aufgefallen.

„Auf dem Weg zur Kirche sah ich ihn durch den Park reiten, Papa“, erwiderte Mariota. „Entweder hat er vergessen, zum Mittagessen zurückzukehren, oder er hat in einem Wirtshaus etwas Brot und Käse gegessen.“

Um weiteren Fragen auszuweichen – ihr war eingefallen, daß Jeremy mit dem Hengst des Grafen unterwegs war – verließ sie rasch das Zimmer und lief nach oben, um ihren Schal zu holen, denn nachmittags war es gewöhnlich schon ziemlich kühl.

Vor dem Spiegel in der Halle setzte sie sich den Hut auf. Dabei mußte sie an den wunderhübschen, modischen Hut denken, den Lady Elizabeth gestern getragen hatte, und es bekümmerte sie, daß sie niemals so elegant und zauberhaft aussehen würde wie die Tochter des Herzogs, ganz gleich, wieviel Mühe sie sich mit ihren bescheidenen Mitteln gab.

Da sie den Grafen nicht länger warten lassen wollte, lief sie zur Haustür und dann die Stufen hinunter. Wie sie erwartet hatte, war er bereits im Begriff, den hohen Kutschersitz des Phaetons zu besteigen.

Die beiden Pferde, die das leichte Gefährt zogen, waren ein prächtiges Gespann und mindestens ebenso edler Herkunft wie der Hengst, den der Graf des öfteren ritt.

Als sie neben ihm Platz nahm, fiel ihr auf, daß sie ohne Begleitung eines Stallknechtes fuhren. Das vermittelte ihr ein Glücksgefühl, wie sie es noch nie zuvor empfunden hatte, denn es entsprach ihrem sehnlichsten Wunsch, den Grafen ganz für sich allein zu haben.

Wie sie erwartet hatte, erwies er sich als geschickter Fahrer, der routiniert die Zügel führte.

„So habe ich mir Sie immer vorgestellt“, entfuhr es ihr.

„In einem Ihrer Träume?“ fragte der Graf.

„Ja, aber die Wirklichkeit übertrifft alles.“

Der Graf wandte ihr lächelnd das Gesicht zu.

„Wohin soll die Fahrt gehen?“ fragte er.

„Es gibt einen hübschen Weg quer durch den Park und zu dem Wald, den Sie in der Ferne sehen können. Sicher möchten Sie nicht mit dem Staub der Landstraße Bekanntschaft machen.“

„Gewiß nicht.“

Er lenkte die Kutsche in den Wiesenweg, den Mariota vorgeschlagen hatte, und dann ging es in flotter Fahrt durch den Park und mitten durch den Wald.

Sie sprachen nicht miteinander, weil der Graf sich auf die Pferde konzentrieren mußte. Versonnen dachte Mariota, daß sie sich ihr Leben lang an diese zauberhafte Kutschfahrt an seiner Seite erinnern, daß sie sich diesen Tag später immer wieder ins Gedächtnis zurückrufen würde, um davon zu zehren.

„Ich sage Ihnen, was ich gern sehen möchte“, brach der Graf schließlich das Schweigen. „Nämlich die Stelle, wo ich vom Pferd gefallen bin und mir den Kopf auf dem Felsblock aufgeschlagen habe.“

Mariota glaubte, das Herz müsse ihr stillstehen bleiben.

„Warum . . . warum wollen Sie das unbedingt sehen?“ fragte sie verstört.

„Aus purer Neugier“, erwiderte er. „Ich bin in meinem ganzen Leben noch nicht auf so ungeschickte Art vom Pferd gefallen; vermutlich soll mich das lehren, daß Hochmut bekanntlich vor dem Fall kommt.“

Da sie nicht wußte, wie sie ihn davon abhalten könnte, die Unfallstelle zu besichtigen und diese zudem ganz in der Nähe war, wies sie ihm den Weg zur Worcester Road.

Wenig später gelangten sie zu der Wegbiegung, hinter der Jeremy die Kutsche angehalten hatte und wo kurz darauf der Graf auf der anderen Straßenseite zwischen den Bäumen aufgetaucht war.

„Da . . . da ist es", sagte sie mit belegter Stimme, und der Graf hielt die Pferde an.

Der Felsblock, mit dem sein Kopf unsanfte Bekanntschaft gemacht hatte, war nicht zu übersehen. Mariota sah die Szene wieder genau vor sich. Sie erinnerte sich an den Knall ihres Schusses, der den Hengst erschreckt hatte, daß er scheute und seinen Reiter abwarf.

„Sieht ziemlich übel aus", bemerkte der Graf. „Vielleicht sollte ich den Brocken als Souvenir mit nach Hause nehmen!"

„Nein, nein, Sie müssen das alles schnell vergessen!" rief Mariota aus. Ihr war noch allzu gegenwärtig, welche Angst sie gehabt hatte, als er auf Jeremys Rücken gezielt und sie um das Leben ihres Bruders gefürchtet hatte.

Inständig hoffte sie, daß er das Ganze bald vergessen möge, da vernahm sie plötzlich etwas, das sie zunächst für eine Sinnestäuschung hielt, aber rauhe Wirklichkeit war. Hinter den Büschen hervor, die auch Jeremy Deckung geboten hatten, befahl eine barsche Stimme:

„Hebt die Pfoten hoch!"

Mariotas Kopf ruckte herum. Sie stieß einen Schrei aus. Einen winzigen Augenblick lang durchzuckte sie der entsetzliche Verdacht, Jeremy habe erneut als Wegelagerer auf der Lauer gelegen.

Er stand auf einem Erdhügel, etwa auf gleicher Höhe mit dem Phaeton, ein großer, furchterregend aussehender Kerl, der eine uralte Schrotflinte auf sie richtete.

Die untere Gesichtspartie war unter einem Tuch verborgen. Einen alten, verbeulten Hut hatte er tief in die Stirn gezogen. In den dunklen Augen blitzte wilde Entschlossenheit. Der Zeigefinger seiner großen, schmutzigen Hand krümmte sich um den Abzugsbügel.

„Rückt eure Mäuse raus!" kam es gedämpft hinter dem Tuch hervor. „Oder ich pumpe euch eine Ladung in den Bauch!"

Seine Stimme klang so drohend und entschlossen, daß Mariota

sich unwillkürlich auf dem Sitz vorbeugte und den Arm schützend vor den Grafen hielt.

„Das werden Sie schön bleiben lassen!“ fuhr sie den Straßenräuber an. „Dieser Gentleman war lange schwer krank. Sie dürfen ihm nichts tun!“

„Geht mich einen Dreck an!“ knurrte der Räuber. „Geld her, oder es knallt!“

Instinktiv ahnte Mariota die Gedanken des Grafen. Er suchte fieberhaft nach einem Ausweg aus der mißlichen Lage, ohne daß jemand verletzt wurde, denn ihm war aus tiefster Seele zuwider, diesem Strolch kampflos sein Geld auszuhändigen.

Der Graf traute seinen Ohren nicht, als er Mariota plötzlich mit völlig veränderter Stimme, die keine Angst mehr verriet, sagen hörte: „Jetzt erkenne ich dich! Du bist Bert Hewings! Wie kannst du so etwas Schändliches tun, friedliche Leute zu überfallen!“

„Gegen Sie hab' ich nichts, Miß Mariota!“ murmelte der Mann kleinlaut.

Mariota ließ den Arm sinken, den sie schützend vor den Grafen gehalten hatte.

„Du bist total übergeschnappt, Bert!“ sagte sie scharf. „Wenn sie dich schnappen, kommst du an den Galgen!“

„Lieber laß ich mich aufhängen, als vor Hunger zu sterben!“ gab Bert mürrisch zurück.

„Red keinen Unsinn!“ fuhr Mariota ihn an. „Wenn du am Galgen baumelst, bricht es deiner Mutter das Herz! Das kannst du ihr doch nicht antun!“

„Hat doch alles keinen Zweck mehr, Miß Mariota. Ich brauch' dringend Moos. Hab' seit Tagen nichts Ordentliches mehr in den Brauch gekriegt. Ich bin halb am Verhungern, und das ist die gottverdammte Wahrheit!“

„Ich weiß ja, wie schwer es ist, in dieser Gegend Arbeit zu finden“, sagte Mariota ernst. „Aber ich mache dir einen Vorschlag, Bert. Ich verwende mich beim Gutsherrn für dich. Als Waldarbeiter oder Erntehelfer kann er dich bestimmt unterbringen.“

„Ich nehm' jede Arbeit an, Miß Mariota. Das wissen Sie doch!" Bert riß das Tuch herunter. Ein schmutziges, unrasiertes Gesicht kam zum Vorschein, das jung wirkte und nicht unsympathisch, wie der Graf feststellte.

„Du hast mein Wort!" sagte Mariota mit fester Stimme. „Ich versuche, dir zu helfen. Wie bist du nur auf die wahnwitzige Idee gekommen, Leute auszurauben?"

„Hab' gehört, daß einer letzte Woche eine Kutsche überfallen und dabei ein Vermögen erbeutet hat!" gab Bert zurück.

„Wer sagt das?" fragte Mariota tonlos.

„Die Leute im ‚Grünen Mann'", erwiderte Bert. „Das ganze Dorf redete nur über den Überfall."

Im Dorfgasthof blühte der Klatsch. Die Diener des Grafen und seiner Schwester waren sicher dort eingekehrt und hatten die wildesten Gerüchte in die Welt gesetzt. Ihre unrühmliche Rolle hatten der Kutscher und sein ängstlicher Beifahrer gewiß mit keinem Wort erwähnt, sondern sich als Helden des Tages feiern lassen.

Sekundenlang schloß Mariota gequält die Augen und atmete tief durch, als könne sie damit die Erinnerung an ihre Tat verdrängen.

„Laß dich davon nicht anstecken, Bert!" sagte sie dann eindringlich. „Mag sein, daß der Räuber davongekommen ist, aber dich hätte man erwischen und aufhängen können."

„Ich geb' dir einen Rat", mischte sich der Graf zum erstenmal in das Gespräch ein. „Versteck deine Flinte und vergiß, daß du jemals Menschen damit bedroht hast. Bis Miß Mariota eine Beschäftigung für dich gefunden hat, nimm das da und kauf dir was zu essen."

Eine Münze flog durch die Luft und wurde von Bert geschickt aufgefangen.

„Danke Ihnen, Sir. Danke Ihnen vielmals!" stammelte der junge Bursche. „Ich mach' alles, was Sie sagen. Ehrenwort!"

„Halte dich an dein Versprechen, Bert!" schärfte Mariota ihm ein. „Ich halte mich an meines."

Bert tippte an die Hutkrempe, und der Graf nahm die Zügel auf und setzte die Fahrt fort.

Während sie davonrollten, überlegte Mariota bekümmert, daß das alles Jeremys und ihre Schuld war.

Natürlich hatte die Geschichte von dem Überfall und der reichen Beute die Runde gemacht und die Phantasie der Dorfjugend, die ohne Arbeit war und ein kümmerliches Dasein fristete, angeregt.

Wenn Bert sich nicht gerade den Grafen und sie als Opfer ausgesucht hätte, wäre er vermutlich von einem, der schneller und besser mit Schußwaffen umgehen konnte, erschossen worden, bevor er auch nur eine Münze erbeutet hätte.

Ein Stück des Weges legten sie schweigend zurück, dann sagte der Graf mit ruhiger, ernster Stimme: „Danke, Mariota. Mir ist durchaus bewußt, daß Sie mich beschützen wollten, aber ich kann einfach nicht begreifen, wie Sie so tapfer handeln und sich zwischen den Räuber und mich drängen konnten. Das war eine mutige Tat!“

„Es war doch nur der arme irregeleitete Bert, der ein wenig beschränkt ist und noch nie im Leben Glück hatte“, wehrte Mariota ab.

„Ich glaube nicht, daß Sie ihn gleich erkannt haben“, erwiderte der Graf nachdenklich.

„Ich konnte doch nicht zulassen, daß er auf Sie schießt!“

„Warum nicht?“

Unzählige Antworten fielen ihr ein, die sie ihm hätte geben können, einschließlich der Erklärung, daß es allein ihre Schuld war, wenn junge Dorfburschen zu Banditen wurden.

Doch plötzlich erkannte sie den wahren Grund für ihre Handlungsweise: Sie liebte ihn.

In diesem Augenblick wurde ihr auch bewußt, daß sie dieses Gefühl schon lange für ihn hegte, eigentlich von dem Augenblick an, als er regungslos im Staub der Straße vor ihr gelegen und seine elegante Erscheinung ihre Bewunderung erregt hatte.

Die darauffolgenden Tage, in denen sie sich um ihn gekümmert und ihn näher kennengelernt hatte, hatten ihr bewußt gemacht, daß er nicht nur einen Platz in ihren Träumen einnahm, sondern auch in ihrem Herzen.

Sie liebte ihn, und das Wunder dieser Liebe erfüllte sie mit Wärme und Glückseligkeit wie strahlender Sonnenschein.

Sie fuhren jetzt wieder durch das Wäldchen, das sie vorhin durchquert hatten, den Reitweg entlang bis zum Park.

Im Schatten der Bäume hielt er an und wandte Mariota das Gesicht zu.

Sie scheute sich, seinem Blick zu begegnen und war so verwirrt über die Gefühle, die sie beherrschten, daß sie stockend fragte: „Warum . . . halten wir hier? Sie . . . Sie sollten das erste Mal nicht zu lange unterwegs sein."

„Wir fahren gleich nach Hause", erwiderte der Graf. „Aber vorher muß ich Ihnen etwas sagen, Mariota."

Seine Stimme hatte einen Klang, wie sie ihn noch nie bei ihm vernommen hatte, und als sie ihn ansah, glaubte sie wieder, in der Tiefe seiner Augen versinken zu müssen.

„Sie sind nicht nur die schönste Frau, die mir je in meinem Leben begegnet ist", sagte der Graf mit tiefer, bewegter Stimme, „Sie sind auch die tapferste."

Weil seine Worte sie völlig unvorbereitet trafen, verschlug es Mariota den Atem. Gleichzeitig hatte sie das Gefühl, die Sonne strahle mit einemmal so hell, daß sie den Grafen mit einem Glorienschein umgab.

„Du müßtest doch längst wissen, daß ich dich liebe, Mariota", fuhr er mit seiner tiefen Stimme fort, die ihr Herz erbeben ließ.

„S . . . Sie lieben mich?"

Hatte sie diese Worte geflüstert, oder waren sie nur ein Widerhall in ihrem Herzen? Ihr war, als stiege ringsum ein Feuerwerk gen Himmel und versprühe blitzende Sterne.

„Ja, ich liebe dich!" sagte der Graf. „Und doch wird diese Liebe niemals Erfüllung finden, mein Liebling."

Mariota, die Anstalten machte, beide Hände nach ihm auszustrecken, hielt mitten in der Bewegung inne.

„Ich . . . ich verstehe nicht."

„Deshalb bin ich mit dir hierher gefahren", erklärte ihr der Graf. „Irgendwie habe ich mir wohl eingeredet, es fiele mir leichter, in Gottes freier Natur darüber zu sprechen als in der Enge des Hauses."

„Aber . . . aber du hast doch gesagt, du liebst mich!"

„Ja, ich liebe dich", sagte er rauh, „mit einer Inbrunst, deren ich mich nie für fähig gehalten hätte!"

„Und . . . ich liebe dich!"

Ihre Worte lösten beim Grafen eine so schmerzliche, verzweifelte Miene aus, daß sie erschrak.

„Was . . . ist denn? Bitte, sag mir, was dich bekümmert!"

„Das versuche ich ja die ganze Zeit", gab er zurück. „Und der Himmel weiß, daß es das Schwierigste ist, was ich jemals in meinem Leben einem Menschen erklären mußte."

Mariotas Hände verkrampften sich in ihrem Schoß. Er riß den Blick von ihr los und sagte mit dumpfer Stimme, als verkünde er sein eigenes Todesurteil:

„Als ich mir auf jenem Felsbrocken, den wir vorhin besichtigt haben, den Kopf aufschlug und auf einem Brett nach Queens Ford gebracht wurde, war ich auf dem Weg zum Herzog von Madresfield, um meine Verlobung mit dessen Tochter Elizabeth bekanntzugeben!"

Mariota stockte der Atem. Ihre Kehle war wie zugeschnürt. Wie töricht von ihr, daß sie nicht früher darauf gekommen war. Bereits als Lady Elizabeth das erste Mal in Queens Ford erschienen und der Graf zu schwach gewesen war, um sie zu empfangen, hätte sie erkennen müssen, wie die beiden zueinander standen.

Er schwieg jetzt und starrte düster auf den Park, ohne vermutlich auch nur einen Baum oder eines der Häuser in der Ferne wahrzunehmen.

„Du . . . du wirst sie heiraten?" fragte ihn Mariota tonlos.

„Das war meine Absicht“, entgegnete der Graf, „und es schien mir durchaus vernünftig, bis ich dich kennenlernte.“

Sein leidenschaftlicher Ton ließ ihr Innerstes erbeben.

„Wie hätte ich ahnen sollen, daß es so etwas wie dich auf der Welt gibt?“ stieß er heftig hervor. „Aber ich habe dich zu spät gefunden. Dabei hatte ich mir geschworen, erst zu heiraten, wenn ich viel älter bin. Diesen Schwur habe ich gebrochen und einer Heirat mit Elizabeth zugestimmt.“

„Liebst . . . du sie?“

Diese Frage brannte Mariota auf der Seele und schien ihr das wichtigste auf der Welt.

„Ich liebe dich!“ sagte der Graf. „Ich liebe dich von ganzem Herzen. Du bist die Frau, nach der ich mich gesehnt, auf die ich mein Leben lang gewartet habe, ohne zu glauben, daß meine törichten Jugendträume jemals wahr werden könnten, die ich vor vielen, vielen Jahren hegte, bevor ich gelangweilt und zynisch wurde.“

„Aber du liebst mich wirklich?“

„Ich liebe alles an dir“, erwiderte der Graf. „Ich liebe deine Stimme, dein Gesicht, deine großen, seelenvollen Augen und deinen Charakter, der dich von allen Frauen, die ich bisher kennengelernt habe, unterscheidet.“

Er gab einen Laut von sich, der einem Stöhnen glich, und fuhr dann fort: „Wie kann ein Mädchen so schön, so begehrenswert sein und gleichzeitig so selbstlos und bescheiden? Du denkst nie an dich, Mariota, und deshalb möchte ich das für dich tun, Tag und Nacht, mit jeder Faser meines Herzens. Ich kann dich nicht aus meinen Gedanken verdrängen. Du hast mich verhext, Mariota, mit deiner Stimme und deiner Ausstrahlung, der magischen Anziehungskraft, die du auf mich ausübst und die mich instinktiv spüren läßt, daß wir füreinander bestimmt sind.“

„Genauso empfinde ich auch für dich!“

„Wir sind füreinander bestimmt“, wiederholte der Graf, „und ich Narr habe den Himmel auf Erden verspielt.“

Das klang so bitter und verzweifelt, daß Mariota unwillkürlich die Hand begütigend auf seinen Arm legte.

„Ich kann es nicht ertragen, dich . . . dich leiden zu sehen", flüsterte sie.

„Ja, ich leide", erwiderte er heftig. „Ich leide, weil ich dich von ganzem Herzen und mit ganzer Seele, wie du es nennen würdest, – obwohl ich bezweifle, eine zu besitzen – liebe und vergöttere. Dennoch muß ich als Ehrenmann zu meinem Versprechen stehen und Elizabeth heiraten."

Ohne sich dessen bewußt zu sein, krampften sich Mariotas Finger fester um seinen Arm. Er nahm die Zügel in eine Hand und legte die andere auf die ihre.

Da sie beide keine Handschuhe trugen, erbebte Mariota unter seiner Berührung. Ein Blick in sein Gesicht verriet ihr, daß es ihm ebenso erging.

„Keine andere Frau wäre imstande, so erregende Gefühle in mir zu wecken", sagte er. „Und ich weiß auch, meine einzig Geliebte, daß kein anderer Mann in deinem Leben dir jemals so viel bedeutet hat."

„Es . . . es hat nie einen anderen Mann gegeben!"

„Das macht dich so vollkommen, so begehrenswert."

Er faßte nach ihrer Hand und fuhr fort: „Ich muß dir mitteilen, was geschehen ist, obwohl es mir schwerfällt, von etwas anderem zu sprechen als von meiner Liebe zu dir."

„Das . . . nur das möchte ich hören", sagte Mariota. „Ich kann es nicht ertragen, dich unglücklich zu sehen."

„Unglücklich? Natürlich bin ich kreuzunglücklich. Ohne dich gibt es kein Glück mehr in meinem Leben."

Plötzlich legte er die Hand auf die Augen und stöhnte: „Mein Gott, warum mußte das gerade in diesem Augenblick geschehen? Und dennoch möchte ich dieses köstliche Gefühl nicht missen, dir begegnet zu sein, das Wunder der Liebe kennengelernt zu haben, an das ich einst geglaubt habe und das mir jetzt in deiner bezaubernden Person begegnet ist."

„Du hast mir einmal gesagt, ich solle mir das wünschen, wonach ich mich am meisten sehne", sagte Mariota. „Vielleicht sind unsere Wünsche einfach wahr geworden."

„So haben wir beide die Liebe gefunden, um sie im gleichen Atemzug wieder zu verlieren?"

Darauf wußte Mariota keine Antwort.

„Ich war der festen Überzeugung, ich würde mich niemals so unsterblich verlieben, wie es die Dichter seit Anbeginn preisen und mit schwärmerischen Worten beschreiben. Vielmehr hatte ich vor, in fünf, zehn Jahren zu heiraten, um eine Familie zu gründen und einen Erben zu zeugen, der einmal meinen Titel und das riesige Vermögen, das mein Vater mir hinterlassen hat, übernimmt." Er hielt einen Augenblick inne und fügte dann trocken hinzu: „Dann führte mich nicht Eva in Versuchung, sondern ein Herzog."

„Er . . . er wünschte deine Heirat mit Lady Elizabeth?" fragte Mariota leise.

„Sicher hast du davon gehört, daß sie unermeßlich reich ist", sagte der Graf. „Da ihr Vater verständlicherweise fürchtete, sie könnte irgendeinem Mitgiftjäger zum Opfer fallen, machte er mir den Vorschlag, seine Tochter zur Frau zu nehmen. Da meine Familie wie die seine über ‚blaues Blut' verfügt und wir beide riesige Ländereien besitzen, wäre es eine angemessene und standesgemäße Verbindung, der er von ganzem Herzen seinen Segen gäbe."

„Du . . . du warst einverstanden?"

„Elizabeth ist ein hübsches und anziehendes Mädchen", sagte der Graf, „und sie eignete sich in jeder Beziehung dazu, meine Frau und die Mutter meiner Kinder zu werden, so daß mir kein Grund zur Ablehnung einfiel."

„Das . . . das verstehe ich", flüsterte Mariota.

„Eine innere Stimme, die mich warnte, daß diese Verbindung eigentlich nicht das sei, was ich mir erträumt hatte, überhörte ich. Ich wollte mir nicht eingestehen, daß ich alle Ideale und Wunschvorstellungen, die ich jemals gehabt hatte, wegen einer ‚Standesheirat' über Bord zu werfen im Begriff war."

Wieder klang seine Stimme verbittert und zynisch.

„Nein, bitte . . . so darfst du nicht reden. Ich möchte dich glücklich sehen. Du bist so gütig . . . so großartig, und mein Herz sagt mir, daß du alles verkörperst, das gut und . . . edel ist."

„Wie kannst du so etwas behaupten?" fragte der Graf. „Wenn ich nicht gegen alle ungeschriebenen Gesetze, die einen Gentleman ausmachen, verstoßen will, dann muß ich Elizabeth heiraten, während mein Herz sich für den Rest meines Lebens nach dir sehnt."

„Du . . . wirst mich vergessen."

Er sah sie an, und der Druck seiner Hand verstärkte sich.

„Sieh mich an, Mariota!"

Sie folgte seiner Aufforderung, und er forschte lange in ihrem Gesicht.

„Du liebst mich!" sagte er dann überzeugt. „Ich lese es von deinen Augen ab und spüre es am Zittern deiner Finger, wenn ich sie berühre. Kannst du das vergessen?"

„Das . . . ist etwas anderes."

„In der Liebe gibt es keine Unterschiede", sagte der Graf. „Ich werde dich nie vergessen, wie auch du mich niemals vergessen wirst. Dennoch kannst du dir nicht vorstellen, welche Höllenqualen ich leiden werde, wenn ich mir vorzustellen versuche, was du gerade tust und fühlst, was aus dir geworden ist und ob du ebenso unglücklich bist wie ich."

„Ich kann nur wiederholen, daß ich nicht ertragen könnte, dich unglücklich zu sehen."

„Wie soll ich ohne dich glücklich werden?" begehrte der Graf auf. „Wie soll ich, verwöhnt von Dienstboten und allem Luxus dieser Welt, den Gedanken ertragen, daß du dich für andere aufopferst, um deinen Vater und deinen Geschwistern das Dasein erträglicher zu machen? Irgendwie muß ich dir das Leben erleichtern, aber du wirst es mir schwermachen, dir zu helfen."

„Ich . . . ich könnte auf keinen Fall etwas von dir annehmen", sagte Mariota abwehrend.

Der Druck seiner Finger verstärkte sich, daß ihre Hand schmerzte.

„Bildest du dir tatsächlich ein", beschwor er sie, „ich könnte Kaviar essen, wenn ich weiß, daß du dich kümmerlich von Kaninchenfleisch ernähren mußt, oder Champagner trinken, während du nur Wasser hast? Sei doch einsichtig, mein süßes Mädchen, und erkenne, daß ich alle Qualen der Hölle erleiden würde, wenn ich den Luxus guten Essens oder edler Pferde zum Ausreiten genieße, während du Not und Entbehrungen erdulden mußt."

„Diese Dinge sind doch nicht wichtig."

Es fiel ihr schwer, sich auf seine Worte zu konzentrieren, während seine Hand sie berührte und seine Nähe unsichtbare Saiten in ihr zum Klingen brachte.

Sie wollte ihm ganz nahe sein und sich an ihn schmiegen, aber seine Worte machten ihr deutlich, daß es ihnen nicht vergönnt war, sich zu umarmen und glücklich zu sein.

Trotzdem war für sie alles, was in diesem Augenblick zählte, sein Geständnis, sie zu lieben. Es erfüllte ihre Brust mit Wärme und unbeschreiblichem Jubel.

„Ich möchte dich in Samt und Seide, in Zobel und Hermelin hüllen", fuhr der Graf fort. „Ich möchte dich mit Schmuck überhäufen, aber vor allem, meine Liebste, möchte ich dich Tag und Nacht als meine Frau bei mir haben, dich vergöttern und verwöhnen, eines Tages auch als Mutter meiner Kinder."

Seine Worte trafen sie tief im Innersten. In diesem Augenblick wurde Mariota bewußt, wie düster und hoffnungslos die Zukunft für sie beide aussah.

„Ist es da verwunderlich, daß mich ständig Kopfschmerzen plagten und mein Zustand sich nicht besserte?" hörte sie ihn sagen. „Nächtelang habe ich wach gelegen und gegrübelt, wie ich mich aus der selbstgestellten Falle befreien könnte."

Wieder schwieg er eine Weile, bevor er sie fragte: „Wenn ich dich bitten würde, mit mir fortzugehen, ins Ausland meinetwegen, bis der Skandal um Elizabeth und meinen Wortbruch ihr gegenüber in Vergessenheit geraten ist – würdest du mitkommen?"

„Ich würde alles tun, was du von mir verlangst, aber ich würde niemals in etwas einwilligen, das dir schadet und deine Ehre verletzt. Wenn du die Verlobung mit Lady Elizabeth löst, wird ihr Vater dich zur Rechenschaft ziehen, vielleicht sogar zum Duell fordern. – Nein, eine solche Handlungsweise käme einem Spiel mit gezinkten Karten gleich und würde deinem Ruf als fairer Sportsmann Schande machen."

„Wie gut du mich verstehst!" sagte der Graf seufzend. „Mein geliebtes Herz, du bist der wundervollste, verständnisvollste Mensch der Welt!"

Impulsiv hob er ihre Hand an die Lippen und küßte sie. Sie erschauerte, als habe er sie heiß und leidenschaftlich auf den Mund geküßt.

Hastig gab er ihre Hand frei und setzte die Fahrt fort. Langsam rollte der leichte Jagdwagen durch den Park. Zwischen ihnen bedurfte es keiner weiteren Worte. Ihre Liebe zueinander loderte in ihnen wie ein ewiges Feuer.

Als das Haus in Sicht kam, brach Mariota ihr Schweigen.

„Ich liebe dich", sagte sie mit bebender Stimme, als wolle sie ihm damit Kraft geben. „Von ganzem Herzen liebe ich dich und werde dich ewig bis ans Ende meiner Tage lieben."

„Das darfst du nicht sagen", entgegnete der Graf. „Eines Tages wird dir ein netter junger Mann begegnen, der sich um dich kümmert und den du heiratest. Im Augenblick finde ich jedoch allein den Gedanken daran, daß ein anderer dich besitzen wird, unerträglich."

„Ich werde niemals heiraten, denn es gibt keinen Mann wie dich, den ich so lieben könnte, wie ich dich liebe", erwiderte Mariota wehmütig. „Deshalb werde ich meine Tage als alte Jungfer beschließen, mich um Papa und das Haus kümmern und – von dir träumen."

„Und das soll uns genügen?“ fragte er verzweifelt. „Bleiben uns wirklich nur Träume?“

Darauf gab es keine Antwort. Sie legten den Rest des Weges schweigend zurück, bis der Phaeton vor den Stufen zur Haustür ausrollte.

6

Die ganze Nacht schwebte Mariota abwechselnd auf Wolken, weil die Liebe des Grafen sie in Hochstimmung versetzte, und wurde dann wieder in den tiefsten Abgrund der Verzweiflung gestürzt, weil sie die Gewißheit hatte, daß diese Liebe niemals Erfüllung finden würde.

Als sie vor dem Haus angelangt waren, hatte sie deutlich seine innere Bewegung gespürt, die ihre schicksalhafte Aussprache ausgelöst hatte, daß er vom Phaeton aus sofort auf die Haustür zugegangen und dann nach oben in sein Schlafzimmer verschwunden war.

Sie hielt sich absichtlich zurück, weil sie wußte, daß er im Augenblick nicht ansprechbar war und sie den Bogen nicht überspannen und alles noch schlimmer machen durfte.

Deshalb folgte sie ihm nicht sofort ins Haus, sondern streichelte die Pferde, unterhielt sich mit dem Stallknecht über das prächtig glänzende Fell der Tiere und darüber, wie flott sie gelaufen waren. Dann erst ging sie langsam, als habe sie soeben ein Kapitel ihres Lebens abgeschlossen, mit gesenktem Kopf aufs Haus zu.

Weil sie sich bei Lynne und Jeremy zurückmelden wollte, ging sie ins Wohnzimmer.

Die beiden waren nirgends zu sehen. Sie wollte gerade nach oben gehen, um den Hut abzulegen und sich frischzumachen, als Jeremy in der Halle auftauchte.

„Wo warst du denn . . .?“ fragte sie ihn, aber er ging nicht darauf ein.

„Das ist der prächtigste Phaeton, den ich je gesehen habe!“ rief er begeistert aus.

„Ich weiß.“

„Warum hat der Graf ihn kommen lassen?“ wollte Jeremy wissen.

„Um mit mir auszufahren“, erwiderte Mariota mit einer Stimme, die ihr selbst fremd vorkam. „Außerdem – wird er uns wohl morgen verlassen.“

„Er geht weg?“ rief Jeremy erschrocken aus. Dann fügte er nach kurzem Nachdenken hinzu: „Dann muß ich mir das Prachtstück gleich mal näher ansehen.“

„Du darfst auf keinen Fall damit ausfahren!“ mahnte Mariota, doch er hatte das Haus bereits verlassen und vermutlich gar nicht zugehört.

Auf dem Weg nach oben überlegte sie, daß Jeremy auch traurig sein würde, wenn der Graf wegging und seinen Hengst mitnahm. Obwohl er sich ihr nicht anvertraut hatte, war sie ziemlich sicher, daß er jeden Morgen und jeden Nachmittag mit dem Hengst ausgeritten war. Es überraschte sie deshalb auch nicht sonderlich, als sie ihn wenig später von ihrem Fenster aus auf dem schwarzen Hengst zwischen den Parkbäumen verschwinden sah.

Vielleicht ist es das letzte Mal, daß er Gelegenheit hat, dieses prächtige Pferd zu reiten, dachte sie.

Wenn der Graf sie morgen verließ, würde es mehr „letzte Male“ gegeben haben, als sie sich ausmalen mochte.

Sie würde ihn zum letztenmal sehen, mit ihm sprechen und von ihm hören, daß er sie liebte . . .

Mutlos ließ sie sich auf den Hocker vor ihrer Frisiertoilette sinken und bedeckte die Augen mit den Händen.

Während dunkle Wolken der Hoffnungslosigkeit sie einzuhüllen drohten, bemühte sie sich fieberhaft, sich einzureden, daß sie dankbar sein mußte, ihn überhaupt kennengelernt und von seiner Liebe zu ihr erfahren zu haben. Was in Zukunft auch geschehen mochte, diese Erinnerungen konnte ihr niemand nehmen.

Doch das war nur ein schwacher Trost.

Wie sie erwartet hatte, kam der Graf zum Dinner nicht nach

unten. Sicher war er nicht nur körperlich erschöpft, sondern wollte vermeiden, ihr am Tisch gegenübersitzen zu müssen und sich von der Familie beobachtet zu fühlen.

Als das Abendessen serviert wurde, nahmen nur ihr Vater und Lynne daran teil. Von Jeremy fehlte jede Spur.

Als Lord Fordcombe das Eßzimmer betrat, wirkte er noch geistesabwesender als gewöhnlich und schien das Fehlen seines Sohnes überhaupt nicht zu bemerken.

Lynne hingegen legte Jeremys Abwesenheit auf ihre Weise aus.

„Wo ist er?“ fragte sie wütend. „Wenn er ausgeritten ist, hätte er mich ruhig mitnehmen können. Ich finde es gemein von ihm, daß er mich nicht gefragt hat.“

„Du bist heute lange genug geritten“, stellte Mariota fest. „In die Kirche mußte ich auch allein gehen.“

„Wenn ich mitgekommen wäre“, erwiderte Lynne mürrisch, „hätte ich doch nichts anderes getan, als den lieben Gott um ein schönes Pferd zu bitten, doch ich bezweifle, daß eines vom Himmel gefallen wäre.“

Eine Weile war es still am Tisch. Dann blitzten Lynnes Augen plötzlich hoffnungsvoll auf.

„Meinst du, der Graf würde mir *Daffodil* überlassen, solange er sich in Madresfield aufhält? Der Stallbursche hat mir erzählt, ein Vorreiter in Begleitung des Grafen habe ihn hergebracht. Er hat unterwegs ein Hufeisen verloren und ist deshalb erst einen Tag nach dem Unfall des Grafen eingetroffen.“

Mariota stockte der Atem. Nicht auszudenken, was hätte passieren können, wenn der Graf am Tag des Überfalls auf Lady Coddingtons Kutsche in Begleitung seines Vorreiters gewesen wäre! Es hätte zu einem Schußwechsel kommen können, vielleicht sogar Tote gegeben!

Jeremy darf nie wieder ein solches Unrecht begehen! dachte sie verstört.

Doch das erbeutete Geld würde nicht ewig reichen, und so

fürchtete sie insgeheim, ihr Bruder könne sich erneut zu einer unbesonnenen Handlung hinreißen lassen, die jedoch nicht so glimpflich ablaufen würde, sondern verheerende Folgen hatte.

„Ich muß ihm ins Gewissen reden!“ nahm sie sich fest vor. „Er muß mir sein heiliges Ehrenwort geben, so etwas nie wieder zu tun, sonst habe ich keine ruhige Minute mehr.“

Wie sehr die Anwesenheit des Grafen, seiner Pferde und die Versorgung mit köstlichen Speisen und Getränken ihr Leben in Queens Ford verändert hatten, wußte sie nur zu gut.

Sie merkte an diesem Abend überhaupt nicht, was sie aß. Es hätten Sägespäne sein können, ohne daß es ihr aufgefallen wäre.

Lynne war auch nicht sonderlich redselig. Vermutlich überlegte sie, wie sie den Grafen dazu überreden könnte, *Daffodil* nicht gleich mitzunehmen.

Sie weinte nicht, als sie im Bett lag, sondern starrte ins Dunkel und war zu keiner Träne fähig.

Alles, woran sie denken konnte, war das Gesicht des Grafen, das ihr verraten hatte, wie sehr er sie liebte, der Schmerz in seinen Augen, den sie schon vorher bemerkt hatte, wenn er sie angesehen hatte, während sie sein Zimmer aufräumte oder sie ihm vorlas.

Da hatte sie seinen Blick nicht zu deuten vermocht und seine Gefühle nicht durchschaut; jetzt wußte sie, welche Gedanken ihn dabei bewegt hatten. Sie verstand seinen Schmerz, weil sie ebenso empfand. Ihn zu verlieren, das war, als müsse sie einen Teil von sich selbst aufgeben.

Ich liebe ihn! Ich liebe ihn so sehr! dachte sie verzweifelt. Sie sehnte ihre Mutter herbei, weil sie die einzige war, die sie verstanden hätte.

Da sie ihr in vielem ähnlich war, würde es in ihrem Leben auch nur diesen einzigen Mann geben, dem ihre ganze Liebe und Sehnsucht gehörte.

Kurz bevor der Morgen graute, schlief Mariota vor Erschöpfung ein, um irgendwann aus dem Schlaf hochzuschrecken und festzustellen, daß es nach acht Uhr war und sie versäumt hatte, Lynne das Frühstück zu machen und zur Kutsche zu bringen.

Das war noch nie geschehen, aber an diesem Morgen erschien ihr das ohne Bedeutung.

Statt sich rasch anzukleiden und nach unten zu eilen, blieb sie im Bett liegen und grübelte. Sie fürchtete sich vor dem Augenblick, da der Graf in seinem Phaeton wegfahren und sich für immer aus ihrem Leben verabschieden würde.

Der Gedanke daran war ihr so unerträglich, daß sie sich am liebsten im Wald versteckt oder in einem der unbewohnten Räume des Hauses zwischen Staub und Spinnweben verkrochen hätte, um erst wieder zum Vorschein zu kommen, wenn er fort war.

Doch dann erkannte sie, daß sie es für ihn damit nur noch schlimmer machen würde. Plötzlich erschien er ihr mehr wie ein Sohn, den sie beschützen und davor bewahren mußte, unglücklich zu werden oder zu leiden, nicht als der Mann, den sie liebte.

„Ich will, daß er glücklich ist", sagte sie laut.

Der Gedanke jedoch, daß er Lady Elizabeth heiraten würde, bereitete ihr Höllenqualen und schmerzte sie, als habe man ihr ein Messer ins Herz gestoßen.

Langsam kleidete sie sich an und war fast fertig, als der alte Jakob schnaufend die Treppe hochkam und an ihrer Zimmertür klopfte.

Er trug einen riesigen Karton herein, und es dauerte eine Weile, bis sie sich von ihrer Überraschung darüber erholt hatte und ahnte, was diese längliche Schachtel enthielt.

„Sind noch vier von der Sorte unten, Miß Mariota", berichtete Jakob kurzatmig. „Ich bring' sie hoch, wenn Sie's wünschen, aber es ist ziemlich anstrengend."

„Nein, laß sie unten", entschied Mariota. „Jeremy kann sie später für mich nach oben tragen."

„Danke vielmals, Miß", sagte Jacob. „Meine Beine machen nicht mehr so richtig mit, wissen Sie."

Die Sendung stammte aus einem Modegeschäft, wie die Kartonaufschrift verriet, und Mariota ahnte, daß es sich um das Geschenk des Grafen für Lynne und sie handelte, wofür er sich ihre Maße hatte geben lassen.

Ein Abschiedsgeschenk, dachte sie bitter.

Doch als sie die Verschnürung löste und den Karton öffnete, stieß sie einen entzückten Schrei aus. Die in Seidenpapier gehüllten Kleider waren so zauberhaft, daß sie aus dem Staunen nicht herauskam. Noch nie in ihrem Leben hatte sie etwas so Schönes besessen.

Beide Kleider waren in Pastellfarben gehalten, die, wie sie wußte, besonders gut zu ihrem Typ paßten. Beides waren Tageskleider, so daß sie die Qual der Wahl hatte, für welches sie sich entscheiden sollte.

Sie beschloß, heute das zartblaue Kleid zu tragen, das ihre helle Haut, ihr silbern schimmerndes Haar und ihre ausdrucksvollen grauen Augen besonders reizvoll zur Geltung brachte.

Es war mit Spitze besetzt und fühlte sich an wie von Feenhänden gefertigt. Sie glich darin einer Nymphe, die dem Meer entstiegen oder direkt vom Himmel geschwebt war.

Während sie sich vor dem Spiegel drehte, gestand sie sich ein, daß sie hübscher aussah als je zuvor, zumal ihr bisher überhaupt nicht bewußt gewesen war, daß ihre Figur ohne Tadel war.

So soll er mich in Erinnerung behalten, dachte sie, und das Licht in ihren Augen erlosch augenblicklich, denn ihr Herz blutete.

Langsam ging sie nach unten. Das Eßzimmer war leer. Die Familie hatte offensichtlich ohne sie gegessen und sich anschließend sofort zurückgezogen.

Das Spiegelei, das man ihr übriggelassen hatte, war kalt und sah unappetitlich aus. Sie aß wenig von dem köstlichen Lachsschinken, den der Küchenchef von Madresfield geschickt hatte, und trank eine Tasse Kaffee, der ebenfalls kalt war.

Sorgfältig darauf bedacht, ihr neues Kleid nicht schmutzig zu machen, räumte sie den Frühstückstisch ab und brachte das Geschirr in die Küche. Dann begab sie sich ins Wohnzimmer, um wie jeden Tag Staub zu wischen und Ordnung zu schaffen.

Der Flieder in einer der Vasen war verblüht, und die auf der polierten Tischplatte verstreuten Blüten sahen aus wie Tränen.

Sie schalt sich töricht, solche Betrachtungen anzustellen, und nahm sich fest vor, die Beherrschung nicht zu verlieren, wenn es galt, Abschied vom Grafen zu nehmen, um ihn nicht noch unglücklicher zu machen.

Sehr viel später war es, als sie sich gerade fragte, wann er wohl unten erscheinen würde, da öffnete sich die Tür, und der Graf trat ein.

Er sah so hinreißend aus, daß sie ihn sekundenlang nur ansehen konnte und keinen Ton hervorbrachte.

Er schloß die Tür hinter sich und kam auf sie zu.

„Ich wußte, daß ich dich hier treffen würde."

„Ich . . . ich habe auf dich gewartet."

Dicht vor ihr blieb er stehen, und sie sah den Schmerz, der seine Augen verdunkelte, und die Ringe darunter, die ihr verrieten, daß er eine schlaflose Nacht verbracht hatte.

„Gestern, als ich dir sagte, daß ich dich liebe", begann er mit belegter Stimme, „habe ich absichtlich die freie Natur, den Wald für mein Geständnis gewählt, damit es mir nicht möglich war, dich zu umarmen und zu küssen, wie es mein Wunsch war." Er hielt inne und fuhr dann mit rauher, schmerzerfüllter Stimme fort: „Ich dachte, das würde es nur noch schlimmer machen für uns zwei, aber jetzt weiß ich, daß ich nicht von dir gehen kann, ohne dich geküßt zu haben, Mariota, ohne mich eine kleine Ewigkeit lang dem Wahn hinzugeben, du seist mein."

„Ich . . . ich werde ewig dein sein."

„Gestern abend", fuhr er fort, „bin ich durch alle Versuchungen der Hölle gegangen. Du warst mir so nah, und es wäre mir ein leichtes gewesen, in dein Zimmer einzudringen und dir zu beweisen, wie sehr ich dich liebe."

„Warum . . . hast du's nicht getan?“

„Weil ich dich nicht nur als Frau liebe, mein Kleinod, die Gott für mich bestimmt hat, sondern auch als reines Wesen verehre, dessen Lauterkeit ich niemals antasten würde.“

Mariota murmelte etwas Unverständliches, während die Augen des Grafen sie in ihren Bann schlugen, daß ihr das Atmen schwerfiel.

„Lebwohl, mein Liebling, mein Kleinod, du einzige Frau, die ich jemals geliebt habe“, sagte der Graf heiser.

Ganz langsam, als wollte er sich an jeden Augenblick erinnern und jede Sekunde genießen, legte er die Arme um sie und zog sie an sich.

Ganz zart, als berühre er eine Blume, senkte er die Lippen auf die ihren.

Mariota war, als schwebe sie nach zärtlicher Musik über den Boden; es war die Musik, die sie in ihren Träumen gehört hatte.

Sie glaubte immer noch zu träumen, als sie den Druck seiner Lippen spürte und in den Himmel der Glückseligkeit entführt wurde.

Alles, was sie sich ersehnt und erträumt hatte, was ihr als das Schönste der Welt erschienen war, erfüllte ihr Herz und ihren Geist, als seine Lippen sie berührten.

Dann drückten seine Arme sie noch fester an sich, und der Kuß, der ihre weichen, süßen und unschuldsvollen Lippen weckte, wurde fordernder, leidenschaftlicher, besitzergreifender. So fest preßte er sie an sich, daß ihre Körper miteinander zu verschmelzen schienen.

Es war die Erfüllung all ihrer Träume, all ihrer Gebete. Sie glaubte sich den Sternen nahe, während die Strahlen der Sonne ihr Herz durchdrangen, sich ihren Lippen mitteilten und auch den Grafen umfingen.

Als fühlte er genauso wie sie, küßte er sie leidenschaftlich, wild und heftig, als kämpfe er dagegen an, sie zu verlieren, obwohl ihm gleichzeitig bewußt war, daß er den Kampf verloren hatte.

Er hob den Kopf und hörte Mariota atemlos flüstern: „Ich liebe dich . . . ich liebe dich so sehr, daß ich es nicht in Worte kleiden kann.“

Ihr Geständnis schien den Grafen noch mehr zu erregen. Er zog sie stürmisch an sich, küßte ihre Augen, ihre Wangen, die sanfte Rundung ihres Nackens und dann wieder mit leidenschaftlichem, verzehrendem Feuer ihre Lippen.

Ihr war, als rase ein Sturm über sie hinweg, und doch fürchtete sie sich nicht. Sie spürte nur, wie sich die Sonne in ihrem Herzen in einen Feuerball verwandelte, der von der Flamme entzündet wurde, die in dem Grafen loderte und sie beide zu verzehren drohte.

Das war Liebe, eine sehr menschliche Liebe. Da ihm jedoch ihre Reinheit heilig war, wie er versichert hatte, wußte sie, daß er die Grenzen der Schicklichkeit nicht überschreiten würde.

Bevor die Spannung für sie beide unerträglich wurde, gab der Graf sie frei, stützte sich auf den Kaminsims und starrte auf die leere Feuerstelle.

„Verzeih mir“, sagte er mit fremdklingender Stimme. „Ich wollte nicht, daß das passiert. Aber es war stärker als ich – übermächtig.“

„Es gibt nichts zu verzeihen“, gab Mariota leise zurück. „Ich liebe dich ebenso innig wie du mich . . . und mein Liebster, ich will nicht, daß du leidest.“

Während sie sprach, vernahm sie seinen tiefen Seufzer. Aufblickend bemerkte sie, welche Qual seine Miene widerspiegelte, wie tiefe Falten sein Gesicht durchfurchten und es älter zu machen schienen, als es war.

„Ich muß dich jetzt verlassen“, sagte er. „Jede Minute, die ich länger bleibe, verstärkt nur unsere Qual, und doch will mir das einfache Wort ‚Lebewohl‘ nicht über die Lippen.“

„Vielleicht . . . sollten wir es nicht aussprechen“, sagte Mariota stockend. „Vielleicht sollten wir darauf vertrauen, daß wir uns eines Tages wiederbegegnen werden.“

Doch sie spürte selbst, daß sich diese Hoffnung niemals erfüllen würde.

Lady Elizabeth war sehr jung, ein Jahr jünger als sie, und wenn der Graf einmal mit ihr vermählt war, konnte nur der Tod die beiden scheiden.

Schweigen breitete sich zwischen ihnen aus, dann sagte er leise:

„Laß dich noch einmal anschauen, damit ich dich so in Erinnerung behalte, wie du in diesem Augenblick aussiehst. Das ist etwas, das mir niemand nehmen kann!"

„Ich trage eines der wunderschönen Kleider, die du mir geschenkt hast."

„Du siehst darin bezaubernd aus, aber für mich warst du immer so schön und begehrenswert. Immer warst du eingehüllt in meine Träume."

„Darin werden wir uns des Nachts begegnen", sagte Mariota versonnen. „Ich werde von dir träumen und du von mir . . . und vielleicht werden wir dann das Gefühl haben, miteinander vereint zu sein."

Ihre Worte bewirkten jedoch nur, daß der Graf seine mühsam erzwungene Beherrschung verlor.

„Ich will dir nicht nur in meinen Träumen begegnen!" begehrte er auf. „Ich will dich in meinen Armen halten, deinen Körper dicht an dem meinen spüren, mit dir sprechen, deiner melodischen Stimme lauschen, die mir immer wieder sagt, daß du mich liebst . . ."

„Ich liebe dich aufrichtig", beteuerte Mariota, „und weil ich dich liebe, weiß ich auch, daß du viele gute Werke vollbringen wirst . . ."

„Aber nicht ohne dich", widersprach der Graf heftig. „Du weißt genau, daß ich ohne dich nichts zustande bringe."

Er sah sie an, und der Ausdruck seiner Augen veränderte sich; noch nie hatte er sie so angesehen.

„Zum Teufel!" sagte er wütend. „Warum quälen wir uns so, Mariota? Warum benehmen wir uns so idiotisch? Komm mit mir, mein geliebtes Herz, wie ich es dir schon einmal vorgeschlagen habe. Sie werden sich eine Woche lang die Mäuler darüber zerreißen, dann werden sie sich der nächsten Sensation zuwenden."

Er streckte die Hand nach ihr aus. Sie brauchte nur einen Schritt zu machen, um bei ihm zu sein und in seinen Wunsch einzuwilligen.

Wie herrlich würde es sein, ihn ganz für sich allein zu haben, und wie wenig würde es ihr ausmachen, wenn alle anderen sie mit Verachtung strafen würden.

„Wer wird sich in einem Jahr noch erinnern, was heute passiert ist", fuhr der Graf fort. „Elizabeth ist jung, schön und reich. Sie wird Dutzende von Verehrern haben, die um ihre Hand anhalten, und einen davon wird sie erhören. Sie liebt mich ebensowenig wie ich sie."

Seine Stimme klang beschwörend, als er fortfuhr:

„Komm mit mir, Mariota, komm mit mir, mein Liebling, und wir werden den Himmel auf Erden erleben und uns vor der Welt verschließen, daß kein Schatten unser Glück trüben kann."

Schweigen breitete sich aus. Bevor die Stille unerträglich wurde, gab Mariota dem geliebten Mann ihre Antwort:

„Du weißt, daß ich immer bei dir sein möchte . . . daß ich dich liebe . . . doch du hast der Versuchung widerstanden, gestern nacht in mein Schlafzimmer zu kommen, und genauso müssen wir der Versuchung widerstehen, etwas Unrechtes zu tun!"

Die Stimme versagte ihr, doch sie zwang sich, fortzufahren:

„Gerade weil du eine so wichtige Persönlichkeit bist, von allen geliebt und bewundert, könntest du diejenigen, die in dir ihr Vorbild sehen, durch eine solche Handlungsweise dazu verleiten, vom rechten Weg abzukommen, weil man sie ihres Haltes beraubt hat . . ."

Sie atmete tief durch, bevor sie hinzufügte: „Dein Stand, die Position, die du als Graf, aber auch als Mensch, als Persönlichkeit des öffentlichen Lebens und als geachteter Engländer einnimmst, verpflichtet dich, Vorbild zu sein."

Die Worte kamen ihr in den Sinn, als habe jemand sie ihr eingegeben, und sie wußten beide, daß sie recht hatte, daß sich die Wahrheit ihrer Worte nicht leugnen ließ.

Der Graf schwieg lange.

„Wenn das dein Wunsch ist, meine vollkommene, makellose Liebste, muß ich mich fügen." Seine Stimme war voller Trauer, und ihr Klang bewegte Mariota noch mehr als der drängende, beschwörende Ton, den er vorhin angeschlagen hatte, als er sie überreden wollte, mit ihm zu fliehen.

Sie sehnte sich danach, in seine Arme zu flüchten und seine Nähe zu spüren.

Doch sie rührte sich nicht von der Stelle, und nach einer Weile ging der Graf wortlos zur Tür und öffnete sie.

„Sind Sie es, Jakob?" hörte Mariota ihn rufen. „Gehen Sie bitte in den Stall, und veranlassen Sie, daß mein Phaeton vorfährt."

„Sehr wohl, Mylord!"

Mariota hörte den alten Jakob zur Tür schlurfen, dann kam der Graf ins Wohnzimmer zurück und zog die Tür hinter sich zu. Er trat zu ihr, legte die Arme um sie und zog sie mit sich zum Fenster.

Sie fühlte sich plötzlich schwach und erschöpft, als hätte sie gegen einen Sturmwind angekämpft, und legte müde den Kopf an seine Schulter.

Er sagte kein Wort, und so blickten sie hinaus auf den verwilderten Garten und den See dahinter, der das Blau des Himmels widerspiegelte, das mit der Farbe von Mariotas Kleid zu wetteifern schien.

Der Druck seines Armes um ihre Schultern und seine Nähe gaben ihr das Gefühl, mit ihm eins zu sein und von den gleichen Empfindungen bewegt zu sein wie er.

Sie war sicher, daß seine Seele sich im Gleichklang mit der ihren befand.

Lange standen sie in stummer Umarmung am Fenster.

„Wirst du für mich beten?" fragte er sie dann.

„Du weißt, daß ich es tun werde."

„Ich brauche deine Gebete, denn ohne sie werde ich nicht fähig sein, die Dinge zu tun, die du von mir erwartest. Ich verspreche dir jedoch, daß ich immer denken werde: Das ist in Mariotas Sinn, das erwartet sie von mir."

„Dir gelingt alles, was du dir vornimmst", sagte Mariota leise.

„Nur das eine, worauf es am meisten ankommt, nicht", entgegnete der Graf bitter.

Wieder trat Stille ein.

Schritte näherten sich von der Halle aus der Tür, und als sie geöffnet wurde, nahm der Graf den Arm von Mariotas Schulter und trat einen Schritt zurück.

Der alte Jakob kam ins Zimmer geschlurft.

„Ich war im Stall, Mylord", wandte er sich an den Grafen, „aber der Phaeton ist nicht da, und der Stallknecht übergab mir einen Brief für Miß Mariota, in dem steht, warum die Kutsche weg ist."

Der Graf sagte nichts, und Mariota hatte den Verdacht, daß Jeremy sich den Phaeton ausgeliehen hatte und noch nicht zurück war.

Vermutlich hatte er sich gesagt, der Graf werde die Kutsche erst nach dem Lunch brauchen, und der Versuchung nicht widerstehen können, rasch eine Spritztour zu machen.

Sie nahm den Brief entgegen, den der alte Diener ihr aushändigte, und fragte sich, von wem er sein mochte. Sobald der Diener gegangen war, sagte sie stockend:

„Es tut mir sehr, sehr leid, aber ich bin sicher, Jeremy kommt bald zurück." Weil sie sich für ihren Bruder schämte, der so gedankenlos mit dem Eigentum des Grafen umging, wagte sie nicht, ihn anzusehen, und blickte statt dessen auf den Brief in ihrer Hand.

Zu ihrem Erstaunen erkannte sie Jeremys Handschrift. Er würde ihr vermutlich mitteilen, wohin er gefahren war und wann er zurückzukehren gedachte.

Ungehalten über sein ungehöriges Benehmen dem Grafen gegenüber öffnete sie den Umschlag und las den zwei Seiten langen Brief:

„Liebste Mariota,

wenn Du diesen Brief erhältst, werde ich verheiratet sein. Übernimm Du es bitte, Seine Lordschaft um Entschuldigung zu bitten, weil ich mir seinen Phaeton ausgeliehen habe und in absehbarer Zeit nicht zurückbringen kann . . .“

Mariota sog geräuschvoll den Atem ein und las weiter:

„Es war Liebe auf den ersten Blick zwischen Elizabeth und mir. Dem schnellen Hengst des Grafen haben wir es zu verdanken, daß wir uns jede freie Minute sehen konnten.

Als Du mir gestern mitteiltest, daß der Graf die Absicht habe, uns heute morgen zu verlassen, erkannte ich, daß die einzige Möglichkeit, eine öffentliche Bekanntgabe seiner Verlobung mit Elizabeth zu verhindern, für mich darin bestand, sie vom Fleck weg zu heiraten.

Ich bereitete alles vor, und Pastor Dowty ist so alt und vertrottelt, daß er keine Ahnung hat, wer ‚Miß Mary Elizabeth Field‘ in Wirklichkeit ist. Da er mich von Kind auf kennt, war er auch sofort bereit, die Trauungszeremonie vorzunehmen, in aller Stille, weil Elizabeth in Trauer ist.

Die einzige Lüge, die ich anwenden mußte, ist, sie so alt zu machen wie mich, ansonsten wird die Trauung völlig legal sein.

Sollten der Herzog oder der Graf jedoch versuchen, mir Elizabeth wegzunehmen und die Ehe auf irgendeine Weise zu annullieren, werden wir untertauchen, bis alle Beschuldigungen zurückgenommen werden und wir ungefährdet zurückkehren können von unserer herrlichen Hochzeitsreise. Du brauchst nur eine Anzeige unter ‚Mariota‘ in der ‚Morning Post‘ zu veröffentlichen, die mich davon in Kenntnis setzt, daß für uns die Gefahr vorüber ist. Ich werde mir die Zeitung jeden Tag kaufen, ganz gleich, wo wir uns gerade verstecken.

Liebste Mariota, bitte tu das für mich und setze bitte alles daran, daß sie uns nicht zu schnell verfolgen und entdecken. Vor allem mußt Du verhindern, daß der Graf den Herzog von unserer Flucht in Kenntnis setzt. Ich hole Elizabeth sehr früh am Morgen ab, bevor die anderen wach sind. Sie läßt zu Hause eine Nachricht zurück, daß sie nach Queens Ford geritten sei, um den Grafen auf seiner Rückreise nach Madresfield zu begleiten.

Das hält alle vorläufig davon ab, Verdacht zu schöpfen, bis der Graf auftaucht und Elizabeth nicht bei ihm ist. Bis dahin hoffen wir, weit genug weg zu sein. Du wirst zugeben müssen, daß ich an alles gedacht habe, als ich Elizabeth bat, einige Kleider in einen Koffer des Grafen zu packen, der von einem Diener nach Queens Ford gebracht wurde, weil der Graf angeblich diese Sachen benötigt. Des weiteren möchte ich Dir die Frage beantworten, die Dich zweifellos ebenfalls beschäftigt: Elizabeth und ich haben genügend Geld für unsere Flitterwochen aber ich würde sie auch heiraten, wenn sie keinen Penny besäße. Ich liebe sie um ihrer selbst willen. Sie ist das wundervollste Mädchen der Welt, aber natürlich erleichtert es die Dinge sehr, daß wir nicht knausern und Hunger leiden müssen wie Du in all den Jahren, und ich brauche auch kein Kaninchenfleisch mehr zu essen!

Zum Glück habe ich in London meine Schneiderrechnung noch nicht bezahlt und fast das ganze unrechtmäßig und, wie du mißbilligend feststelltest, auf kriminelle Weise erworbene Geld auf der Bank liegen. Zusammen mit dem Geld und Schmuck, den Elizabeth mitbringt, können wir sorgenfrei leben.

Ich glaube, ich habe an alles gedacht. Du wirst meine Handlungsweise vielleicht empörend finden, im Grunde Deines Herzens wirst du mir jedoch zugestehen, daß ich sehr einfallsreich und listig war.

Du bist die wundervollste Schwester der Welt, Mariota, und Elizabeth wird Dich ganz sicher genauso liebhaben wie ich. Gib uns Deinen Segen und Deine Glückwünsche mit auf den Weg, denn ich weiß, daß uns ganz gewiß alles Glück der Welt beschieden sein wird.

Vergiß nicht, uns zu benachrichtigen, wenn die Luft wieder rein ist und wir in die Zivilisation zurückkehren können. Doch damit hat es keine Eile, denn erst wollen wir die schönsten Flitterwochen genießen, die je ein Paar erlebt hat.

In Liebe Jeremy"

Mit angehaltenem Atem hatte Mariota diese Zeilen gelesen. Als sie am Ende des Briefes anlangte, konnte sie noch immer nicht glauben, was da schwarz auf weiß stand.

Unfähig, sich dazu zu äußern oder auch nur einen klaren Gedanken zu fassen, hielt sie dem Grafen den Brief wortlos hin.

Er warf ihr einen kurzen, erstaunten Blick zu, stellte jedoch keine Fragen, sondern las Jeremys Beichte. Wie erstarrt stand Mariota währenddessen am Fenster. Ihre Hände verkrampften sich, und sie starrte blicklos in den Garten.

Sie fühlte sich völlig verunsichert und fürchtete sich ein wenig vor der Reaktion des Grafen auf diese bestürzende Neuigkeit.

Er schien sehr lange zu brauchen, um die Nachricht zu verdauen. Schließlich faltete er den Brief zusammen und gab ihn Mariota zurück.

Ihre Augen forschten in seinem Gesicht, als wollten sie seine Empfindungen von seiner Miene ablesen.

Unvermittelt sagte er: „Ich habe es mir anders überlegt! Ich beabsichtige, erst heute abend abzureisen. Erst dann wirst du mir diesen Brief aushändigen, von dem ich bis dahin keine Ahnung hatte."

„Ich . . . ich verstehe nicht, was das bedeutet", stammelte Mariota verstört.

„Das bedeutet, mein Liebling", sagte der Graf mit einem Lächeln, das seine Züge zum Strahlen brachte, „daß wir dem jungen Paar eine faire Chance geben müssen, so weit wie möglich wegzukommen, bevor hier das Zetergeschrei beginnt."

Bevor Mariota den Sinn seiner Worte erfaßte, nahm er sie in seine Arme und küßte sie auf den Mund.

7

Graf Fordcombe saß am Schreibtisch und arbeitete, als die Tür aufging und Lady Coddington hereinschaute.

„Verzeihen Sie, wenn ich störe", sagte sie mit ihrer weichen Stimme, „aber ich kann im Haus keinen Menschen finden und wollte wissen, wo mein Bruder ist."

Ein freudiges Lächeln verschönte die Züge des Hausherrn, als er aufsprang, um sie zu begrüßen. Mit ausgestreckten Händen ging er auf die Lady zu.

„Ich bin entzückt, Sie zu sehen!" rief er lebhaft aus. „Gerade habe ich das Kapitel über die Teilnahme meiner Ahnen am Feldzug Marlboroughs beendet und möchte es Ihnen gern vorlesen."

Lady Coddington trat näher und schloß die Tür hinter sich.

„Großartig!" sagte sie. „Ich brenne darauf, es zu hören."

Sie trat an seinen Schreibtisch, und Lord Fordcombe bemerkte, daß sie zum erstenmal keine Trauerkleidung trug.

Statt der üblichen schwarzen oder malvenfarbenen Kleidung, die sie bei ihren Besuchen in Queens Ford getragen hatte, war sie heute in einem zauberhaften Kleid in Weiß erschienen, das mit naturfarbener Spitze verziert war, der saphirblaue Samtbänder unterlegt waren.

Der dazu passende weiße Hut war mit blauen Bändern geschmückt und mit einigen winzigen Straußenfedern, die über den Hutrand lugten.

Er sah sie lange an, dann sagte er: „Sie sehen reizend aus, wie ein junges Mädchen auf der Schwelle des Lebens."

Lady Coddington wich verlegen seinem Blick aus.

„Ich wünschte, das wäre wahr", sagte sie dann, „allerdings wird man mit zunehmendem Alter nicht nur erfahrener und weiser, sondern auch einsichtiger."

Lord Fordcombe schien nicht recht zu verstehen, was sie damit meinte, und sie erklärte es ihm:

„Wenn man jung ist, nimmt man alles für selbstverständlich, aber wenn man älter ist, dann lebt man bewußter und ist für jeden glücklichen Augenblick sehr, sehr dankbar. Das darf ich Ihnen versichern."

„Manchmal glaubte ich, völlig vergessen zu haben, was es bedeutet, glücklich zu sein", gab Lord Fordcombe nachdenklich zurück. „doch seit ich mit Ihnen über mein Buch sprechen kann, erfüllt mich eine neue Begeisterung zu meiner Arbeit, vielleicht sogar zum Leben."

Lady Coddington wußte nicht, was sie darauf erwidern sollte.

Er kam hinter seinem Schreibtisch hervor, und sie gingen beide wie in stillem Übereinkommen auf das Sitzsofa neben dem Kamin zu.

Lady Coddington nahm darauf Platz.

„Ich erwarte Alvic zum Lunch in Madresfield", erklärte sie dann, „aber vermutlich beschloß er, als der Zeitpunkt des Abschieds näherrückte, noch eine Weile hier zu verweilen."

„Es war uns eine Ehre, ihm den Aufenthalt in unserem Haus so angenehm wie möglich zu machen." Lord Fordcombe konnte, während er diese Worte sprach, den Blick nicht von Lady Coddingtons apartem Gesicht wenden.

In völlig verändertem Ton sagte er dann: „Wenn Ihr Bruder uns heute verläßt, werde ich Sie wahrscheinlich nie wiedersehen."

Sie schwiegen eine Weile, dann erwiderte Lady Coddington mit bebender Stimme: „Das wird schwierig sein, sobald ich – Madresfield verlassen habe."

„Sie wissen, wie sehr ich Sie vermissen werde."

„Werden Sie das wirklich?"

„Es fällt mir schwer, in Worte zu fassen, wie sehr Ihre Gesellschaft mein Leben verändert hat und daß für mich die Sonne untergeht, wenn Sie mich verlassen.“

Lady Coddington sah ihn an, die Hände im Schoß verkrampft. Dann sagte sie mit leiser, kaum vernehmlicher Stimme: „Ich werde – Sie auch vermissen!“

Lord Fordcombe erhob sich und trat ans Fenster. Er blickte in den Garten hinaus und auf den Park, als habe er den Zustand, in dem sich die Anlage befand, noch nie bewußt wahrgenommen.

„Ich habe Ihnen nichts zu bieten!“ kam es dann mühsam über seine Lippen.

Lautlos trat Lady Coddington neben ihn. Er spürte ihre Nähe und den zarten Duft ihres Parfüms.

Regungslos standen sie eine Weile dicht nebeneinander. „Du weißt, in welcher Lage ich mich befinde“, sagte Lord Fordcombe dann mit belegter Stimme. „Du hast gesehen, in welchem Zustand mein Haus ist und wie es meinen Kindern ergeht.“

„Aber du bist auch noch da.“ Ihre Worte waren kaum hörbar.

Lord Fordcombe wandte sich ihr zu. Noch nie war ihr ein Mann begegnet, der so attraktiv, so hinreißend aussah, und dennoch fürchtete sie, seine Worte mißverstanden zu haben.

Der Blick ihrer schönen Augen war in banger Frage auf ihn gerichtet.

„Was soll ich da noch sagen?“ Seine Stimme klang heiser vor Bewegung. „Ich begehre dich, und ich brauche dich, weil ich dich liebe!“

Es bedurfte keiner Worte mehr. Strahlend vor Glück sank Lady Coddington in seine Arme.

Mariota und der Graf bahnten sich einen Weg durch das hohe Gras, vorbei an Fliederbüschen und Rosensträuchern zu einer Laube.

„Hier wird uns niemand stören“, sagte Mariota. „Du solltest dich hinsetzen und ausruhen. Dr. Dawson wäre sicher dagegen, daß du dich derart überanstrengst und erregst.“

„Es ist eine himmlische Erregung!“

Der Graf zog Mariota fest an sich und küßte sie, bis ihnen beiden der Atem wegblieb.

„Ich liebe dich“, sagte er, „und nichts hindert mich jetzt mehr daran, dir meine Liebe zu gestehen. Sobald es menschenmöglich ist, werden wir heiraten!“

Ohne ihre Antwort abzuwarten, küßte er sie wieder. Sie mußte sich gewaltsam befreien, um ihm das alte, zerschlissene Sofa ganz hinten in der Laube zu zeigen.

„Bitte, setz dich. Ich habe auch das Gefühl, als versagten meine Beine mir den Dienst.“

Er zog sie lachend mit sich fort und nahm vorsichtig auf dem alten Möbel Platz, das jedoch bequemer und besser gepolstert war, als es den Anschein hatte.

Er wollte Mariota neben sich ziehen, doch sie holte erst einen Schemel heran, damit er die Beine hochlegen konnte.

„Wenn deine Schwester heute nachmittag zu uns kommt, wird sie wissen wollen, wo wir sind“, sagte sie dann. „Doch es wäre ein Fehler, würde sie jetzt schon erfahren, daß Elizabeth nicht mehr hier ist.“

„Deshalb habe ich ja darauf gedrängt, daß wir uns verstecken“, erwiderte der Graf. „Und ich darf sagen, daß ich hochbeglückt bin, mit dir allein zu sein, mein süßer Schatz!“

„Ich kann immer noch nicht glauben, daß das alles wahr ist! Bist du sicher, daß du nun, da du nicht mehr verpflichtet bist, Elizabeth zu heiraten, mich zur Frau haben willst?“

„Wie kannst du nur so eine dumme Frage stellen!“

Ein Blick in ihr Gesicht verriet ihm, daß sie etwas bedrückte.

„Was hast du, Liebste?“

„Woher weißt du, daß mich etwas bekümmert?“ fragte sie leise.

„Ich liebe dich“, erwiderte er. „Der Ausdruck deiner Augen, der Klang deiner Stimme verrät mir, daß du nicht die ganze Welt umarmen könntest wie ich, sondern dir irgend etwas Sorgen macht." Er wollte sie umarmen, aber Mariota entzog sich ihm und wich ein Stück zurück.

„Ich . . . ich muß dir etwas sagen . . . obwohl es töricht ist, denn wenn du es erfährst, wirst du mich nicht mehr lieben und zu deiner Frau machen wollen."

„Ist es das Geheimnis, das dich bedrückt, seit wir uns das erste Mal begegnet sind?" fragte der Graf.

„Ja, ich glaube schon."

„Ganz gleich, was es ist", sagte er ruhig, „wir wollen eins klarstellen: Meinetwegen kannst du alle Verbrechen der Welt begangen haben, ich würde dich trotzdem weiter lieben und zur Frau begehren. Du bist mein, Mariota, und nichts und niemand kann verhindern, daß wir bis ans Ende unserer Tage zusammenbleiben."

Der Laut, den Mariota von sich gab, klang wie unterdrücktes Schluchzen.

Er spürte, daß sie zitterte, und fügte sich nur mit Mühe ihrem Wunsch, sie in diesem Augenblick nicht zu berühren, ihr nicht die Sorgen wegzuküssen und sie zu liebkosen.

Niemals in seinem ganzen Leben, bei all seinen zuweilen mehr als stürmischen Liebesaffären hatte er so empfunden wie jetzt.

Keine Frau hatte ihn bisher nicht nur mit brennendem Begehren erfüllt, sondern auch mit einem Gefühl der Verehrung für Unschuld und Reinheit und einer Gewißheit, daß Mariota und er füreinander bestimmt waren, von Anfang an.

Nicht nur ihre Schönheit war es, die ihn in ihren Bann schlug, die ihn verhext hatte, wie er es ausgedrückt hatte, sondern auch die Aura von Güte, die sie umgab und nicht nur zu einem äußerst begehrenswerten, sondern vor allem einem sehr kostbaren Menschen machte.

„Ich bete dich an", hätte er ihr am liebsten gesagt, doch der Gleichklang ihrer Seelen, der sie miteinander verband, verriet ihm, daß sie ihm erst einmal ihren Kummer beichten mußte, bevor sie seiner Liebe ganz sicher war.

„Du wirst schockiert sein", begann Mariota stockend, „und ganz sicher schrecklich wütend . . . und ich kann dir nicht sagen, wie entsetzlich ich mich meiner Tat schäme."

„Was hast du getan, mein Herz?"

Mariota holte zitternd Luft, dann gestand sie mit ihr fremd klingender spröder Stimme:

„Ich . . . ich war bei Jeremy, als . . . als er in der Maske eines Wegelagerers die Kutsche deiner Schwester anhielt und . . . und ihr Geld raubte!"

Sie konnte den Grafen nicht anschauen, während sie weitersprach:

„Ich . . . ich war es, die den Schuß abfeuerte, als ich dich erblickte und du auf Jeremys Rücken zieltest. Ich . . . bin schuld daran, daß dein Pferd scheute und dich abwarf."

Ohne ihn anzuschauen, wußte sie, daß er sie ungläubig anstarrte. Dann fragte er:

„Du warst als Mann verkleidet?"

„Jeremy . . . er hielt es für sicherer, damit wir nicht erkannt werden. Und . . . und es hätte für ihn gefährlich werden können, wenn ich ihn nicht begleitet hätte . . . und deshalb konnte ich ihn doch nicht im Stich lassen."

Das ist das Ende, dachte sie verzweifelt. Das Ende ihrer großen Liebe, ihrer Träume für die Zukunft, ihres Glücks. Er würde wütend sein über ihr ungehöriges Benehmen, vor allem aber über ihre Feigheit, es ihm nicht längst gebeichtet zu haben.

Er würde sie verlassen, weil er sie verachtete, sie nun hassen mußte.

Niemals würde sie ihn wiedersehen, und ihr Glück würde in Scherben vor ihr liegen, und sie wünschte in diesem Augenblick, sie wäre tot.

Dann begann der Graf ganz plötzlich und völlig unerwartet zu lachen, so herzlich und anhaltend, daß sie schon fürchtete, er habe den Verstand verloren.

Mit großen Augen sah sie ihn an, denn sie traute ihren Ohren nicht. Sie begegnete seinem belustigten Blick und sah ihn aus vollem Hals lachen, als könne er sich gar nicht mehr beruhigen.

Dann streckte er die Hand nach ihr aus und zog sie an sich.

„Mein Liebling, nur du und deine einzigartige Familie waren imstande, sich so etwas Ungewöhnliches und Ausgefallenes auszudenken, daß man es kaum für möglich hält und glaubt, eine Rolle in irgendeiner köstlichen Gaunerkomödie zu spielen. Ich bete dich an!"

Er umarmte sie und preßte sie so fest an sich, daß ihr der Atem wegblieb und sie keinen Ton mehr hervorbrachte.

„Wie hätte ich mir auch nur einen Augenblick vorstellen sollen, daß du an einem so absurden und gleichzeitig gefährlichen Unternehmen teilgenommen hast? Ich verspreche dir, meine Liebste, daß du nie wieder auf eine solche Idee zu kommen brauchst."

Mariota barg das Gesicht an seiner Schulter. Er spürte, daß sie weinte.

„Du darfst nicht weinen", sagte er weich. „Du hast überhaupt keinen Grund dazu."

„Ich dachte, du würdest mich . . . hassen und . . . und für immer verlassen!"

„Du wirst es nie wieder tun", sagte er zärtlich. „Allerdings ist es ziemlich beschämend für mich, daß ich vom Pferd gefallen bin, als du mich das erste Mal gesehen hast. Ich hätte mir eine eindrucksvollere erste Begegnung gewünscht!"

Seine Lippen liebkosten ihre Stirn, dann fuhr er fort:

„Doch wenn das nicht passiert wäre, dann wäre ich nach Madresfield weitergeritten und hätte nie erfahren, daß es dich gibt. Deshalb kann ich nur sagen, mein Liebling, dem Himmel sei Dank, daß Jeremy neue Klamotten brauchte!"

Mariota blickte ungläubig zu ihm auf. Tränen rannen ihr über die Wangen und perlten von ihren langen Wimpern.

„Du hast . . . erkannt, daß er das Geld dafür haben wollte?"

„Ich muß gestehen, daß ich mir Gedanken darüber gemacht habe", erwiderte der Graf. „Ihr wart so arm, daß ihr, wie Lynne es ausdrückte, auf Kaninchenschmalkost gesetzt seid, und da tauchte ein elegant und nach der neuesten Mode gekleideter Jeremy auf, dessen Kleidung von einem der teuersten Schneider stammte, die ich kenne.“

„Du zürnst Jeremy nicht?“

„Ich ihm zürnen?“ fragte der Graf zurück. „Ich bin ihm ewig dankbar, daß er mit Elizabeth durchgebrannt ist, und finde, daß ich den beiden das schönste und teuerste Hochzeitsgeschenk schulde, das man sich denken kann.“

„Du verstehst und verzeihst uns?“ rief Mariota jubelnd aus. „Wie kann ein Mensch nur so wundervoll, so großartig sein? Du bist der beste, liebste Mann der Welt, und ich danke dem Himmel, daß ich dich gefunden habe!“

Der Graf antwortete mit einem langen Kuß, der ihr mehr verriet als Worte.

„Du . . . du sagst doch deiner Schwester nichts . . . über Jeremy, nicht wahr?“ fragte sie dann ängstlich.

„Natürlich nicht“, erwiderte er. „Es wäre ein großer Fehler, mein Liebling, wenn du dein Geheimnis außer deinem zukünftigen Ehemann noch anderen anvertrautest, und ich bezweifle stark, daß Jeremy es seiner Frau beichten wird.“

„Ich habe Jeremy versprochen, mit keinem Menschen darüber zu sprechen“, erklärte Mariota, „aber dir . . . dir mußte ich die Wahrheit sagen, weil es zwischen uns kein Geheimnis geben darf, das unsere Liebe zerstören kann.“

„Niemals wird es zwischen uns Geheimnisse geben“, gelobte der Graf in feierlichem Ernst. „Dafür werde ich sorgen! Du gehörst zu mir, Mariota. Jeder Gedanke, der dir in den Sinn kommt, jeder Traum, der dir im Schlaf beschieden ist, ist mein.“

Sie lachte leise, und er fügte hinzu: „Bisher habe ich immer eifersüchtige Männer verachtet, aber ich werde schrecklich eifersüchtig auf alles sein, was dich betrifft, und das geschieht wohl nur, wenn man der großen Liebe begegnet ist.“

„Du wirst niemals Grund zur Eifersucht haben“, entgegnete

Mariota. „Für mich gibt es nur noch dich. Du bist die Welt für mich, der Himmel, die Sterne, das Meer. Wenn du bei mir bist, kann ich an nichts anderes mehr denken."

Ihre Stimme klang tief und leidenschaftlich, wie er es noch nie bei ihr wahrgenommen hatte. Es bewegte ihn zutiefst und rührte sein Herz.

Er küßte sie innig. Als seine Lippen sie nach langer, langer Zeit freigaben, besann sie sich auf die Gegenwart.

„Wie sollen wir deiner Schwester deine Abwesenheit erklären?" fragte sie ihn. „Sie wird es sicher merkwürdig finden, daß du nicht nach Madresfield zurückgekehrt bist, und eine Erklärung von dir fordern."

„Ich habe so ein Gefühl, als würde sie sich nicht sonderlich über unser Verhalten aufregen", gab der Graf zurück. „Sie ist ganz glücklich, wenn sie sich mit deinem Vater unterhalten kann."

„Papa unterhält sich unheimlich gern mit ihr."

„Und meine Schwester ist unheimlich gern mit ihm zusammen."

Sein Ton ließ Mariota aufhorchen.

„Willst du damit etwa sagen . . .?" begann sie.

„Warum denn nicht?" gab der Graf zurück. „Dein Vater ist ein sehr stattlicher Mann und meiner Schätzung nach höchstens Mitte Vierzig. Wenn du dich nicht mehr um ihn kümmern kannst, Mariota, dann könnte das meine Schwester durchaus und zu seiner vollen Zufriedenheit übernehmen."

„Ich habe nicht im Traum an eine solche Möglichkeit gedacht!" rief Mariota aus. „Wie dumm von mir! Natürlich ist es eine wundervolle Idee, wenn es sich bewahrheitet. Lady Coddington ist so zauberhaft, und ich weiß, wie einsam und unglücklich Papa seit dem Tod meiner Mutter war."

Sie seufzte ein wenig und fuhr dann fort: „Wir haben uns bemüht, ihm darüber hinwegzuhelfen, aber Kinder können eben eine Frau nicht ersetzen."

„Bestimmt nicht", erwiderte der Graf. „Wenn du deine Kinder

einmal mehr lieben solltest als mich, Mariota, werde ich nicht nur schrecklich eifersüchtig, sondern auch todunglücklich sein."

„Ich könnte niemals einen Menschen mehr lieben als dich", sagte Mariota überzeugt. „Aber . . . es wäre wundervoll, von dir Kinder zu haben."

Dabei dachte sie daran, daß der Graf ihr während seiner Krankheit zuweilen wie ein kleiner Junge vorgekommen war und es herrlich sein würde, seinen Sohn in den Armen zu halten und ihm ihre Liebe und Fürsorge zu schenken.

Wieder schien der Graf ihre Gedanken zu erraten, denn er sagte: „Niemals hätte ich mir vorstellen können, daß es einmal das höchste Glück für mich bedeuten könnte, eine Familie zu haben, die mein großes Haus mit Leben erfüllt und natürlich meine Pferde reitet!"

Mariota lachte über seine Anspielung.

„Da fällt mir ein, mein Liebling, daß ich dich noch nie habe reiten sehen", sagte er. „Ein Vergnügen, das wir zusammen genießen werden, außer Tausenden von anderen Dingen, die ausreichen, um unser gemeinsames Leben mit Glück und Sonnenschein auszufüllen."

Er hob ihr Kinn und sah ihr tief in die Augen.

„Endlich kann ich dir auch ohne lange Streitgespräche all das schenken, was dir gebührt: Pelze, Schmuck, alles, was deiner Schönheit einen würdigen Rahmen gibt."

„Das klingt . . . verlockend", murmelte Mariota, „aber das einzige, das wirklich für mich zählt, ist deine Liebe."

Die junge Gräfin Buckenham gab ihrem Vater einen Abschiedskuß und küßte dann ihre neue Stiefmutter voller Wärme und Herzlichkeit.

Noch immer erschien es ihr wie ein Traum, daß ihr Leben sich so grundlegend verändert hatte und all ihre Wünsche, die sie insgeheim gehegt hatte, wie durch einen Zauber oder eine gute Fee in Erfüllung gegangen waren.

Als sie erfahren hatte, daß Lady Coddington eingewilligt hatte, ihren Vater zu heiraten, war ihr bewußt geworden, daß der Graf ein viel besserer Beobachter war als sie, daß seinem Scharfsinn offenbar nichts entging, aber sie hatte auch erkannt, daß diese Verbindung ein Segen für alle war.

„Ich glaubte immer, es würde Jeremys Aufgabe sein, Queens Ford dereinst in altem Glanz erstrahlen zu lassen", vertraute sie ihrem Mann an. „Doch das hätte Papa gewiß peinlich berührt. Jetzt weiß ich, daß Noreen mit Feuereifer darangehen wird, die Restauration vorzunehmen, ebenso wie Papa."

„Ganz sicher", pflichtete Alvic ihr bei. „Ich habe auch einen Entschluß gefaßt, den ich dir noch nicht mitteilen konnte, weil mir die Zeit dazu fehlte. Jeremy und Elizabeth können in meinem Haus in New Market wohnen, bis sie etwas eigenes gefunden haben. Wie ich Jeremy kenne, wird er erst mal Pferde kaufen, bevor er die Notwendigkeit einsieht, ein eigenes Bett zu besitzen."

„Eine großartige Idee!" rief Mariota begeistert aus. „Du bist so lieb und verständnisvoll!"

„Wenn sie von ihrer Hochzeitsreise zurückkehren", überlegte er weiter, „wäre es sicher nicht ratsam für sie, beim Herzog zu wohnen. Wenn du also die Anzeige in der *Morning Post* aufgibst, solltest du ihnen zu verstehen geben, daß sie sich zuerst mit dir in Verbindung setzen sollen. Wir werden ihnen dann genau erklären, wie die Lage ist."

Mariotas Hand stahl sich in die seine.

„Du denkst einfach an alles!" sagte sie. „Ich kann dir gar nicht beschreiben, welche Erleichterung ich empfinde, nicht mehr alles selbst planen und erledigen zu müssen."

Auch die Hochzeitsfeier hatte er perfekt geplant und arrangiert. Alle Beteiligten hatten all seinen Vorschlägen freudig zugestimmt.

Da Lady Coddington kein Verlangen hatte, in ihr Londoner Stadthaus zurückzukehren, weil sie nach allem, was passiert war, die Gastfreundschaft des Herzogs nicht länger in Anspruch nehmen konnte, hatte der Graf seinen Geistlichen aus Oxfordshire kommen lassen.

Sehr früh am Morgen hatte dieser erst Lord Fordcombe und Lady Coddington in der kleinen Kapelle im Park getraut und zwei Stunden später den Grafen und Mariota.

Lord Fordcombe hatte darauf bestanden, daß seine Töchter nicht an der Trauung teilnahmen.

„Ich beginne ein neues Leben“, sagte er, „ein neues Kapitel meiner eigenen Lebensgeschichte, und ich möchte während der Zeremonie nur an Noreen denken.“

Lynne wollte protestieren, aber Mariota verstand ihn. Er hatte ihre Mutter sehr geliebt und geglaubt, nach ihrem Tod keine Freude mehr am Leben zu finden. Deshalb hatte er sich in seine Arbeit vergraben und versucht, jeden Gedanken an das, was draußen passierte, zu verdrängen.

Das neue Glück, das er nun gefunden hatte, wollte er ohne Erinnerung an das Leid und Elend vorher genießen.

Später hatte er dann seine Tochter zum Altar der menschenleeren kleinen Kapelle geführt. Mariota hatte es als angenehm empfunden, keinen neugierigen Blicken preisgegeben zu sein. Außerdem hatte sie das Gefühl, von allen Forde-Ahnen, die ihrem Vater so viel bedeuteten, den Segen zu empfangen.

Als der Graf und sie ihr Gelöbnis sprachen und miteinander vermählt wurden, glaubte sie, Engelschöre die Melodien aus ihren Träumen singen zu hören.

Da er sie mit Geschenken überschüttete, seit sie eingewilligt hatte, seine Frau zu werden, trug sie das schönste Hochzeitskleid, das sie sich vorstellen konnte, dazu einen Kranz aus Diamanten auf dem Kopf, die in Blütenform gefaßt waren.

Das Collier und Armband wies die gleichen Steine auf. Der kostbare Schmuck war nach Aussagen des Grafen nur das erste von vielen Geschenken, die er ihr zugedacht hatte. Dabei schwindelte ihr jetzt schon vor all dem Glanz der Pretiosen.

Sie mußte sich eingestehen, daß sie dem Traumbild glich, das sie gehabt hatte, als sie sich vor der Trauung im Spiegel betrachtete, und daß der Graf mit ihr zufrieden sein würde.

Als er vor dem Altar ihre Hand erfaßte und seine Augen ihrer Schönheit Bewunderung zollten, fühlte sie sich ihm ganz nahe, und selbst der Segen Gottes konnte sie einander nicht näherbringen, als sie es schon waren.

Wir gehören seit ewigen Zeiten zueinander, dachte Mariota und dankte Gott dafür, daß sie einander gefunden hatten und sie nie mehr allein sein würde und keine Angst um die Zukunft haben mußte.

„Der einzige Mensch, der leer ausgeht, bin ich", beschwerte sich Lynne, als sie von den Heiratsplänen ihrer Geschwister und ihres Vaters erfahren hatte. „Das ist nicht fair!"

„Wir haben dich keineswegs vergessen", versicherte ihr der Graf. „Möchtest du erfahren, welche Pläne Mariota und ich für dich haben?"

„Ich freue mich, daß ihr überhaupt noch an mich gedacht habt!" bemerkte Lynne schmollend.

„Ich war bei Mrs. Fellows", teilte Mariota ihr mit. „Sie nimmt dich mit Freuden auf dem Gutshof auf. Du kannst dein eigenes Reitpferd in ihren Ställen unterstellen und wirst bis zum Winter weitere Pferde bekommen, mit denen du an der Jagd teilnehmen kannst."

„An der Jagd?" rief Lynne begeistert aus.

„Aber vorher", fuhr Mariota fort, „wirst du noch etwas viel Aufregenderes erleben."

„Was denn?"

„Alvic hält es für sehr lehrreich für dich und Elaine, im Herbst einen Teil von Europa kennenzulernen und euer Italienisch und Französisch zu verbessern", sagte Mariota lächelnd.

Lynnes Augen strahlten wie Sterne.

„Wie meinst du das?"

„Alvic hat Vorkehrungen getroffen, daß du mit Elaine und einer Gouvernante, außerdem dem üblichen Begleitpersonal zunächst Paris besuchst, dir die Museen anschaust und bei Freunden des Grafen wohnst, die eine Tochter in deinem Alter haben. Von da aus werdet ihr nach Florenz und Rom weiterreisen."

Lynne stieß einen Freudenschrei aus.

„Ich kann es nicht glauben! Ist das wirklich wahr?"

„Es ist alles arrangiert", erwiderte Mariota. „Im nächsten Jahr wird Papa hier für dich einen Ball geben, außerdem findet einer in London statt, einer in Buckenham House und ein weiterer in Oxfordshire."

Lynne war sprachlos. Dann umarmte sie den Grafen und gab ihm einen Kuß.

„So etwas Wundervolles konntest nur du dir ausdenken!" jubelte sie. „Es sind die aufregendsten Neuigkeiten, die ich je gehört habe."

„Ich hoffte, daß es dir Freude machen würde", erwiderte der Graf, „und ich verspreche dir, daß du die Sensation von St. James sein wirst. Allerdings wäre es mir recht, wenn du nicht nur deiner Schönheit wegen bewundert wirst, sondern auch wegen deiner Bildung."

„Ich werde die klügste Debütantin sein, die jemals dem König vorgestellt wurde", versprach ihm Lynne übermütig und entlockte ihm ein amüsiertes Lachen.

„Wie soll ich dir nur danken", sagte Mariota, als sie mit ihrem Mann allein war. „Du hast alles so wundervoll für meine Familie geregelt."

„Ich muß gestehen, daß es nicht ganz uneigennützig war", erwiderte er. „Nie wieder möchte ich den bekümmerten Ausdruck in deinen schönen Augen sehen oder erleben müssen, wie du sie umsorgst und bemutterst und mich vernachlässigst!"

Sie wußte genau, daß er damit nur überspielen wollte, wieviel Mühe und Überlegung es ihn gekostet hatte, das alles in die Wege zu leiten.

„Ich kann dir nicht genug dafür danken", sagte sie, „nur damit, daß ich dich von ganzem Herzen liebe."

„Das ist alles, was ich hören möchte", sagte der Graf und küßte sie.

Als Lynne sie vor der Kapelle mit Blütenblättern überschüttete und sie den Phaeton bestiegen, der von sechs Pferden gezogen wurde, fielen Mariota wieder ihre drei sehnlichsten Wünsche ein.

Queens Ford schien bereits vieles von seinem alten Glanz wiedererlangt zu haben und würde in seiner ganzen Pracht erstrahlen, wenn ihr Vater und seine neue Gemahlin die Renovierungsarbeiten beendet hatten.

„Viel Glück! Amüsiert euch gut!" rief Lynne ihnen nach, und Mariota winkte zurück, bis ihre Lieben vor der Kapelle nicht mehr zu sehen waren.

Dann schmiegte sie sich an ihren Mann an, der sie mit so glückstrahlendem Lächeln ansah, daß er ihr attraktiver und jünger erschien als jemals zuvor.

„Glücklich, mein Liebling?" fragte er sie.

„Ich schwebe auf Glückswolken", antwortete Mariota. „Ist es wirklich wahr, daß ich deine Frau bin?"

„Diese Frage werde ich dir ein wenig später beantworten, aber mir ist ebenfalls, als schwebte ich über der Erde."

Sie fuhren an der kleinen Kapelle vorüber, in der sie getraut worden waren.

„Als du mir deinen Ring an den Finger stecktest", sagte Mariota versonnen, „schien der Gesang von Engelschören die Kirche zu erfüllen. Diese Musik begleitet uns immer noch, und die Pferde bewegen sich in ihrem Takt."

„Du kannst sie mir zu Hause vorspielen", sagte er. „Dazu hatten wir bisher noch keine Gelegenheit."

„Hoffentlich enttäusche ich dich nicht."

„Nichts, was du sagst oder tust, könnte mich jemals enttäuschen", versicherte er ihr. „Ich liebe dich so sehr, meine geliebte Frau, daß keine Steigerung mehr möglich scheint, und doch werde ich heute nacht, wenn ich dich in unserem Haus in den Armen halte, erfahren, daß mir etwas widerfährt, das ich bisher entbehren mußte, und daß unsere Liebe noch größer und überwältigender sein wird als im Augenblick."

„Wenn du mich zu deiner Frau gemacht hast", sagte Mariota, „weiß ich, daß all meine Träume wahr geworden sind."

Ihre Worte schienen ihn zu beflügeln. Er schien es nicht mehr erwarten zu können, das Ziel seiner Wünsche und Sehnsüchte zu erreichen, und trieb die Pferde zu schnellerer Gangart an.

So erreichten sie Buckenham Park bereits kurz vor vier Uhr, fuhren durch die prächtigen schmiedeeisernen Tore auf das Herrenhaus zu, das von der Sonne in einen goldenen Schein getaucht war.

Es war ganz anders als Queens Ford und doch auf seine Art wunderschön und großartig wie sein Besitzer.

„Willkommen daheim, mein Liebling!" sagte der Graf zärtlich.

Mit großen Augen blickte Mariota auf den imposanten Bau, der so beeindruckend war, daß sie sich ganz klein und unbedeutend vorkam.

Sie legte die Hand schutzsuchend auf das Knie ihres Mannes und fragte mit dünner Stimme: „Wirst du immer bei mir sein?"

„Immer", versprach er ihr, „und deshalb ist alles andere für uns ohne Bedeutung."

Die zahlreiche Dienerschaft hatte sich zu ihrer Begrüßung aufgestellt, und nachdem sie mit dem Sekretär des Grafen ein Glas Champagner geleert hatte, wurde Mariota nach oben zum Schlafgemach geführt, das seit der Erbauung des Hauses alle Gräfinnen Buckenham bewohnt hatten.

Wie die Gemächer in Queens Ford war es prachtvoll eingerichtet, und Mariota kam sich unter der hohen getäfelten Decke, die von goldverzierten Marmorsäulen gestützt wurde und neben dem breiten mit einem Baldachin mit Krönchen und Amoretten verzierten Himmelbett zunächst ziemlich verloren vor.

Doch der Graf war an ihrer Seite und führte sie, als sie Hut und Cape abgenommen hatte, in ein angrenzendes *Boudoir,* das die Verbindung zwischen ihrem und seinem Schlafgemach darstellte.

Der Raum war mit weißen Lilien, Kamelien und Orchideen geschmückt, doch bevor sie sich an ihrem Anblick weiden konnte, riß der Graf sie in seine Arme und preßte die Lippen auf ihren Mund.

Wieder hatte sie das beseligende Gefühl, mit ihm himmelwärts zu fliegen, umgeben von blitzenden Sternen, die ein Feuer in ihrer Brust entzündeten, das sie zu verzehren drohte.

„Ich liebe dich!" hörte sie den Grafen sagen. „Ich liebe dich und habe jetzt endlich die Gewißheit, daß ich dich nie mehr verlieren kann."

Sie spürte, daß er die Höllenqualen noch nicht vergessen hatte, die sie beide erlitten hatten, als sie glaubten, sich trennen zu müssen, damit er das Versprechen, das er Elizabeth gegeben hatte, einlösen konnte.

„Ich liebe dich auch", sagte sie. „Und obwohl dein Haus ganz zauberhaft ist, würde ich genauso für dich empfinden, wenn wir in einer kleinen Hütte oder in einer Höhle in den Bergen hausen müßten."

Ihre Stimme klang schwärmerisch, als sie fortfuhr:

„Du hast mir so viele herrliche Geschenke gemacht, aber das allerschönste sind deine Küsse. Wie kann ich dir nur meine Dankbarkeit für unser Glück beweisen?"

„Indem du nie aufhörst, mich zu lieben", erwiderte der Graf. Dann lachte er leise.

„Und das ist alles nur passiert, weil Jeremy unbedingt neue Kleidung haben wollte und sich kühn die Mittel dafür holte", stellte er fest.

Das klang so absurd, daß Mariota in sein Lachen einstimmte.

Dann folgte sie dem Grafen zum anderen Ende des kleinen Salons, wo eine Tür in sein Schlafgemach führte.

Es war noch prächtiger ausgestattet als das ihre und wirkte sehr männlich und der Persönlichkeit des Grafen angemessen. Es war, fand sie, genau der passende Rahmen für ihn.

„Du hast eine lange Reise hinter dir, mein Liebling", sagte er,

„und bis zum Abendessen sind noch mindestens drei Stunden Zeit. Deshalb solltest du dich ausruhen."

„Ja, natürlich", sagte Mariota gehorsam. „Soll ich in mein Zimmer gehen?"

Ein leichtes Zucken seiner Lippen verriet ihr, wie glücklich er war.

„Du solltest dich hier bei mir ausruhen", sagte er dann, „um es einmal ganz höflich auszudrücken."

Als sei ihr plötzlich klargeworden, was er meinte, senkte sie scheu den Blick und errötete zart.

„Mein kleiner Liebling", sagte er weich, „ich werde dich zu nichts zwingen, das du nicht selbst tun willst, aber ich sehne mich schon so lange danach, dich zu meiner Frau zu machen."

Der Graf zog sie fest an sich, und sie nahm die Nähe des breiten Bettes mit dem Baldachin hinter ihnen wahr, die Amoretten an den geschnitzten Bettpfosten und über dem Kopfteil. Überall, wohin sie auch blickte, begegneten ihr Symbole der Liebe.

Dann konnte sie an nichts anderes mehr denken als an den geliebten Mann, seine Umarmung, seine Lippen und das Feuer der Liebe, das lodernd über ihnen zusammenschlug.

Barbara Cartland

Jubiläumsausgabe

Aus Anlaß ihres 90. Geburtstags 10 ihrer schönsten Liebes- und Familienromane in gebundenen Ausgaben.

LIEBE MIT HINDERNISSEN

NIEMAND IST OHNE LIEBE

DAS GLÜCK IN DEINEN AUGEN

CARMELAS GEFÄHRLICHES SPIEL

IN DEINEN ARMEN WILL ICH TRÄUMEN

BEZAUBERNDE HEXE

VALETA ERBT DAS GROSSE GLÜCK

IRRWEGE DER LIEBE

DIE SCHÖNE UND DER PRINZ

WEISSE LILIE

HESTIA